Eva Bolsani

NUR EIN TAG

Gayromance

Contentnotes: Häusliche Gewalt, toxische Beziehung

Covergestaltung: Eva Bolsani unter Verwendung von Motiven von
shutterstock.com: © tavizta, © JosepPerianes, © alla_line
Kapitelzierden: Eva Bolsani unter Verwendung von Motiven von
shutterstock.com: © pingebat, © Lukimodo

Bibliografische Information der Deutschen Nationalbibliothek:
Die Deutsche Nationalbibliothek verzeichnet diese Publikation in
der Deutschen Nationalbibliografie; detaillierte bibliografische
Daten sind im Internet über http://dnb.dnb.de abrufbar.

© 2023 Eva Bolsani

Herstellung und Verlag: BoD – Books on Demand, Norderstedt

ISBN: 978-3-757816-10-0

NUR EIN TAG

München, Dezember 2023

In dem Moment, in dem Flynns Finger die Tasten berührten, schien die Zeit stillzustehen. Sanft und scheinbar schwerelos entspann sich eine Melodie, zunächst zart wie der Flug eines Schmetterlings, ehe sie nach und nach an Kraft gewann und das ganze Musikzimmer füllte. Flynns Finger huschten über die Tasten des schwarz glänzenden Flügels und ein kleines Lächeln zupfte an seinen Mundwinkeln, während er sich immer mehr in der Musik verlor.

Schriiiing!

Plötzlich durchbrach ein schiefer, schriller Klang die Harmonie und die fröhliche Leichtigkeit des Liedes fand ein jähes Ende. Flynn zuckte zusammen und seine Hände erstarrten. Angespannt lauschte er dem falschen Ton nach. Das konnte doch nicht wahr sein! Er war so, so kurz davor gewesen, das perfekte Musikstück zu erschaffen.

Das perfekte Stück für Arne. Es sollte ein Weihnachtsgeschenk für seinen Lebensgefährten werden, doch obwohl sich Flynn seit Wochen damit abmühte, hatte er die perfekte Melodie immer noch nicht gefunden. Eine Melodie, die all das widerspiegeln sollte, was er für Arne empfand: seine Liebe, seine Bewunderung, seine Dankbarkeit. Keine der bisherigen Versionen fühlte sich richtig an. So schlecht, wie es gerade lief, war Arne mit einem Paar Socken oder einer Krawatte wahrscheinlich besser dran!

Flynn blinzelte heftig. Er würde jetzt nicht weinen! Stattdessen straffte er energisch die Schultern und versuchte, die Melodie erneut entstehen zu lassen. Diesmal mit einem wohlklingenden Finale. Doch nun, da er aus seiner Konzentration herausgerissen worden war, wollte ihm gar nichts mehr gelingen. Selbst den vielversprechenden Anfang von vorhin bekam er nicht mehr richtig hin.

Er komponierte doch nicht zum ersten Mal! Niedergeschlagen strich Flynn sich eine seiner widerspenstigen Locken aus der Stirn. Normalerweise floss die Musik wie von selbst aus seinen Fingern. Aber er versuchte es schon so viele Stunden lang, feilte an verschiedenen Melodien, probierte diverse Takte aus und variierte die Harmonien – ohne Ergebnis. Es waren nur noch zehn Tage bis Weihnachten und er hatte das Gefühl, dass er bis dahin nichts zustande bringen würde, das würdig war, es Arne zu schenken.

Gerade wollte Flynn erneut von vorn beginnen, als er dank der nur angelehnten Tür zum Musikzimmer plötzlich Arnes Stimme hörte. Sofort sprang er auf. Auch wenn er gerne noch ein bisschen weitergemacht hätte, dass Arne früher heimkam als erwartet, würde ihm ganz gewiss nicht leidtun! Flynn riss die Tür zum Musikzimmer vollends auf und blickte an das andere Ende des langen Flurs, wo Hannelore gerade dabei war, Arne seinen Mantel abzunehmen und ihn sorgfältig aufzuhängen.

»Kann ich sonst noch etwas für Sie tun, Herr Bender?«, fragte sie dabei ein wenig atemlos.

Es wunderte Flynn jeden Abend aufs Neue, dass die Haushälterin mit dem strengen Dutt und der stets blütenweißen Schürze bei dieser Frage nicht auch noch einen Knicks machte. Schließlich behandelte sie ihren Arbeitgeber ansonsten in jeder Hinsicht so, als handle es sich bei ihm um King Charles höchstpersönlich. Obwohl Flynn zugeben musste, dass sein Lebensgefährte ihn manchmal auch ein wenig einschüchterte. Als wäre dieser tatsächlich der englische König.

»Nein danke, Hannelore«, sagte Arne in diesem Moment allerdings überaus freundlich. Dabei schenkte er seiner Angestellten jedoch keinerlei Beachtung, sondern blickte unverwandt zu Flynn. »Ich habe alles, was ich brauche.«

Flynns Herz machte einen erfreuten Satz, während die Haushälterin recht spröde entgegnete: »Dann wünsche ich den Herrschaften einen angenehmen Abend.«

Mit einiger Mühe unterdrückte Flynn ein Kichern. Doch er riss sich zusammen, denn Arne mochte es nicht, wenn Flynn sich über Hannelore lustig machte. Natürlich hatte er recht damit, das gehörte sich nicht. Die Haushälterin stammte nun mal aus einer anderen Generation, in der gleichgeschlechtliche Beziehungen noch ein No-Go gewesen waren. Außerdem war Hannelore auch dann freundlich zu ihm, wenn Arne nicht hinsah, und darüber war Flynn wirklich froh.

Das Kichern wäre Flynn allerdings so oder so recht schnell vergangen, denn sobald Hannelore außer Sicht war, wurde Arnes Blick intensiver, es schien, als würde er Flynn förmlich mit seinen Augen verschlingen. In solchen Momenten kam Flynn sich stets wie der begehrenswerteste Mensch der Welt vor. Dann war es ihm gleichgültig, dass er keine durchtrainierte Sportlerfigur besaß, im Gegenteil, mit seiner schlaksigen Statur sah er immer noch ein wenig so aus, als müsse er erst in den Körper eines erwachsenen Mannes hineinwachsen. Selbst Flynns widerspenstige rotblonde Locken und die Sommersprossen spielten keine Rolle, wenn Arne wie jetzt seine Arme ausbreitete und ihn so wortlos dazu aufforderte, zu ihm zu kommen und sich eine Umarmung und einen Begrüßungskuss abzuholen.

In Flynns Bauch kribbelte es wohlig, als er zu seinem Lebensgefährten eilte. »Du bist früh zurück …«, begann er, doch weiter kam er nicht, da schlangen sich schon zwei starke Arme um ihn und sein Mund wurde mit einem innigen Kuss verschlossen. Der luxuriöse Duft von Arnes Aftershave hüllte Flynn ein. So musste es in einem italienischen Zitrusgarten riechen, frisch und erdig zugleich. Flynn seufzte in den Kuss hinein, und seine Lippen öffneten sich einladend – doch leider schien sein Partner nicht mehr im Sinn zu haben als eine liebevolle Begrüßung. Viel zu schnell löste Arne sich wieder von ihm, legte den Kopf ein wenig zurück und sah Flynn lächelnd an. »Ich habe einen Bärenhunger. Würdest du den Tisch decken und holen, was Hannelore uns Leckeres gekocht hat?«, fragte er. »Dann kann ich mich so lange umziehen.«

»Natürlich!« Rasch stahl Flynn sich noch einen kleinen Kuss. »Obwohl du richtig heiß aussiehst mit Anzug und Krawatte.«

»Schwindler«, brummte Arne gutmütig, zog sich jedoch beschwingt pfeifend in sein Ankleidezimmer zurück. In Wahrheit wusste er sicher ganz genau, wie sehr Flynn ihn für seine elegante Erscheinung bewunderte. Auch nach einem langen Arbeitstag im Büro stimmte von dem perfekt in Form geföhntem dunklen Haar bis hin zu den auf Hochglanz polierten Schuhen jedes Detail.

Flynn eilte in die Küche, doch das Lächeln in seinem Gesicht blieb. Er freute sich über Arnes gute Laune. Sein Lebensgefährte hatte einen sehr anstrengenden Job als Finanzmanager, und mitunter kam Arne reichlich gestresst und genervt von der Arbeit nach Hause. Zwar verstand Flynn das durchaus, und er versuchte, in solchen Situationen für seinen Partner da zu sein, aber der fröhliche Arne war ihm trotzdem lieber.

Eifrig trug Flynn die Teller ins Esszimmer, auch wenn »lecker« bei ihm nicht unbedingt etwas damit zu tun hatte, was die Haushälterin für sie gekocht hatte. Grünkernsalat mit Granatapfelkernen, gegrilltes Gemüse, Vollkornbrot mit Avocadoaufstrich und einige dünne Scheiben gedünstete Putenbrust – Arne stand auf Vollwerternährung.

Natürlich wollte Flynn auch in einigen Jahren noch gesund und schlank sein, genauso wie Arne. Aber hin und wieder eine Pizza oder ein Burger mit Pommes konnten doch so schlimm nicht sein, oder? Aber ganz sicher würde er ihnen den Abend nicht verderben, indem er nun am Essen herummäkelte.

»Ah, sehr schön«, sagte Arne, als er kurz nach Flynn das Esszimmer betrat. »Danke, Liebling.«

Sie nahmen beide an dem riesigen Eichenholztisch Platz, und Arne erkundigte sich aufgeräumt nach Flynns Klavierspiel. Da Flynn Arne schlecht von seinen erfolglosen Bemühungen erzählen konnte, ein

Menuett für ihn zu komponieren, berichtete er stattdessen von seinem Unterricht.

»Wir haben heute mit ›Winter Wind‹ von Chopin begonnen«, sagte er. »Es ist ziemlich schwer. Herr Thalberg war nicht gerade begeistert von meinen ersten Versuchen.«

Arne streckte seine Hand aus und drückte tröstend Flynns Arm. »Du hast Talent, aber du musst eben noch sehr viel üben. Aber ich bin für dich da. Ich unterstütze deinen Traum, Pianist zu werden, so gut ich eben kann.«

»Ich weiß. Ohne dich hätte ich keine Chance. Das kann ich nie wieder gutmachen«, sagte Flynn, und spürte, wie das schlechte Gewissen ihn mal wieder zwickte. Arne gab ihm so viel. Ohne ihn würde Flynn immer noch als Verkäufer in einem exklusiven Herrenmodegeschäft arbeiten und könnte sich weder den täglichen Klavierunterricht leisten, noch hätte er die Zeit, mehrere Stunden am Tag zu spielen.

»Ich tue es gerne«, entgegnete Arne, wie schon so oft. »Wenngleich es mich freuen würde, wenn ich der Erste wäre, dem du eines Tages deine Interpretation von ›Winter Wind‹ vorspielst. Wer hat schon das Glück, zu Hause von einem professionellen Klavierspieler unterhalten zu werden?«

Arne legte den Kopf ein wenig schief und sah Flynn unverwandt an. Seine Augen schienen mit einem Mal zu leuchten. Flynn schluckte hart. So, wie Arne ihn gerade ansah, dachte er aber an eine andere Art von Unterhaltung. An die Art von Unterhaltung, die später im Bett stattfinden würde. Flynns Haut kribbelte, dort, wo Arnes Blick sanft darüber strich. O ja, da war er sofort dabei!

»Wie … war denn dein Tag?«, fragte er ein wenig atemlos und schob sich schnell den letzten Rest Grünkernsalat in den Mund. Es war wirklich ein wenig peinlich, wie intensiv er immer auf Arne reagierte, aber er liebte seinen Partner eben nicht nur von ganzem Herzen, Arne hatte ihm auch gezeigt, wie großartig Sex mit einem erfahrenen Liebhaber sein konnte, und nun konnte Flynn gar nicht genug davon bekommen.

Ein Lächeln umspielte Arnes Mund, als ahne er genau, in welchen Regionen sich Flynns Blut gerade sammelte. »Ich stehe kurz davor, Freiherr von Ahlenbrück als neuen Kunden zu gewinnen«, erzählte er und lenkte Flynn mit einer langweiligen Aufzählung der Vermögenswerte des potenziellen Kunden zum Glück ein wenig von der Hitze in seiner Körpermitte ab. Flynn verstand nur die Hälfte, aber es hörte sich definitiv so an, als sei es ein toller Erfolg, zukünftig der Vermögensverwalter des etwas kauzigen Milliardärs zu werden.

»Gratuliere! Du bist der Beste.«

»Noch ist nichts in trockenen Tüchern«, wiegelte Arne ab. »Aber immerhin hat von Ahlenbrück einem weiteren Treffen zugestimmt, diesmal sogar in einem privaten Rahmen! Ich habe ihn am Donnerstag vor Weihnachten zum Dinner bei uns eingeladen, und es würde mich sehr wundern, wenn er uns verlässt, ohne vorher den Vertrag zu unterzeichnen.«

»Aber … Donnerstag, das ist ja der 21. Dezember«, meinte Flynn zögernd, und ein ganz mulmiges Gefühl beschlich ihn. Er biss sich auf die Unterlippe, redete dann jedoch entschlossen weiter. »Da ist doch die Eröffnung von Dantes Wellnessoase, und ich trete doch dort auf … ich werde erst gegen sechs Uhr wieder hier sein können …« Immer dünner wurde seine Stimme, aber vielleicht wollte Arne ihn ja bei dem Treffen mit dem Kunden gar nicht dabeihaben?

Doch Arne wischte Flynns Worte mit einer knappen Handbewegung einfach beiseite. »Das wirst du natürlich absagen. Freiherr von Ahlenbrück freut sich schon darauf, meinen Lebensgefährten kennenzulernen, da wirst du nicht abgehetzt oder gar zu spät hier auftauchen.«

Flynn schluckte. »Aber … das ist doch mein erstes richtiges Engagement«, protestierte er. »Kannst du nicht … einen anderen Tag … vielleicht …?«

Arne kniff die Augen zusammen. »Ich kann froh sein, dass von Ahlenbrück in der Weihnachtszeit überhaupt noch einen Termin frei hatte. Du weißt genau, wie wichtig es in meiner Branche ist, eine persönliche Beziehung zu seinen Klienten aufzubauen!

Vertrauen ist in unserem Geschäft das A und O«, dozierte Arne. »Und ein millionenschwerer Kunde ist ja wohl wichtiger als die Eröffnung eines drittklassigen Massagestudios. Ich bin wirklich sehr, sehr enttäuscht, dass du das nicht auch so siehst!«

Damit war die Angelegenheit für Arne offenbar geklärt. Flynn wusste, dass er besser einlenken sollte. Aber er hatte sich so auf den Auftritt gefreut. Als er die Anzeige in der Zeitung gesehen hatte, hatte er sich keine allzu großen Chancen ausgerechnet. Dennoch hatte er all seinen Mut zusammengenommen und dort angerufen. Tatsächlich war Flynn daraufhin nicht nur zum Vorspielen eingeladen worden, nein, die junge Geschäftsführerin engagierte ihn sofort für die Eröffnungsfeier, nachdem Flynn nur ein einziges Lied gespielt hatte! Das wollte er jetzt nicht einfach sausen lassen, für ein Abendessen mit einem Mann, der ihn doch sowieso kaum beachten würde.

»Ich könnte fragen, ob ich eine halbe Stunde früher Schluss machen kann, dann bin ich auf jeden Fall wieder pünktlich hier«, schlug er geradezu flehentlich vor. »Sie … bezahlen mich doch auch dafür.«

Arne lachte verächtlich. »Was sie dir da angeboten haben, ist keine Bezahlung. Das ist eine winzige Aufwandsentschädigung und ein Gutschein für eine Massage. Das ist ein Witz und kein richtiges Engagement. Ich kann nicht glauben, dass du mich *dafür* im Stich lassen willst.«

Flynn spürte, wie seine Wangen brannten. Weniger wegen Arnes abfälliger Bemerkung, sondern weil er sich fragte, wieso zum Teufel es denn nicht reichte, wenn er pünktlich zum Essen wieder hier war.

»Aber Hannelore wird doch bestimmt alles perfekt vorbereiten«, entgegnete er trotzig. »Da wäre ich doch eh nur im Weg!«

»Flynn«, sagte Arne warnend. »Dein Ton gefällt mir überhaupt nicht.«

Doch Flynn wollte, er konnte nicht einfach so nachgeben. »Mir ist der Auftritt aber wichtig. Was hat denn dieser von Ahlenbrück davon, wenn ich den ganzen Nachmittag hier herumsitze, wenn er doch eh erst abends kommt, hm?«

»Die Frage ist auch nicht, was mein Kunde davon hat, sondern was *ich* davon habe. Ich habe doch deutlich gesagt, dass ich dich an diesem wichtigen Tag hier an meiner Seite haben möchte. Das ist eine einfache, leicht zu erfüllende Bitte, oder etwa nicht? Ich würde das nicht verlangen, wenn du wirklich einen bedeutenden Auftritt hättest, aber wir wissen doch beide, dass diese Veranstaltung weit unter dem Niveau ist, das wir beide für deine Zukunft anstreben.«

»Aber … es wäre eine tolle Übung!«

»Übung bekommst du, indem du tust, was Herr Thalberg sagt«, bügelte Arne den Einwand ab. »Den ich bezahle, muss ich dich wirklich daran erinnern, Flynn?«

Jetzt glühte Flynns Gesicht förmlich. Diesmal nicht vor Wut, sondern vor Scham. Ja, Arne bezahlte seinen Unterricht. Es war auch Arnes Steinway-Flügel, auf dem er spielen durfte. In Arnes Musikzimmer.

»Ich scheue wirklich weder Kosten noch Mühen, um dich zu fördern«, sagte Arne.

Auch das stimmte. Flynn musste weder für die Klavierstunden noch für seinen Lebensunterhalt aufkommen. Er musste nicht mal kochen oder seine Wäsche selbst waschen, das machte Hannelore.

»Und alles, was ich dafür verlange, ist, dass mein Lebensgefährte bei offiziellen Anlässen hin und wieder an meiner Seite ist. Ist das wirklich schon zu viel verlangt?«

Flynn konnte Arne nicht länger ansehen. »Nein«, krächzte er und drehte den Kopf zu Seite, »natürlich nicht.«

»Ich bin wirklich froh, dass du das einsiehst«, sagte Arne. »Auch wenn du mich gerade sehr verletzt hast.«

»Das wollte ich nicht«, flüsterte Flynn erstickt.

Arne seufzte. »Dann lass uns einen Schlussstrich unter diese leidige Diskussion ziehen. Geh in mein Arbeitszimmer und bring mir das Lineal.«

Flynn keuchte. »Nein Arne. Bitte nicht!«

»Flynn. Wir sind uns doch einig, dass du dich gerade sehr schlecht benommen hast. Willst du dich wirklich weiter wie ein kleines Kind aufführen oder willst du dich wie ein Mann den Konsequenzen stellen?«

»Bitte, Arne. Ich sage den Auftritt ja ab …«

»Natürlich wirst du das«, entgegnete Arne grimmig. »Davon bin ich selbstverständlich ausgegangen. Das macht dein unreifes Verhalten aber nicht wieder wett. Also, ich sage es zum letzten Mal: Hol das Lineal.«

Flynn konnte nur noch nicken. Er versuchte, die Tränen, die sich bereits in seinen Augenwinkeln sammelten, zurückzudrängen. Der Weg ins Arbeitszimmer schien ihm mit einem Mal unendlich lang. Als würde der Weg dorthin durch zähen Schlamm führen und nicht etwa über blankpolierte Marmorfliesen. Er verabscheute es, dass Arne ihn jedes Mal selbst das Lineal holen ließ. Als wäre das, was unweigerlich folgen würde, nicht schon schlimm genug.

Mit zitternden Händen ergriff er schließlich das lange Holzlineal, das immer neben der ledernen Schreibtischunterlage lag. Dabei hatte Flynn noch nie gesehen, dass Arne es für seine Büroarbeit benötigte. Es schien einzig und allein deshalb hier zu liegen, um Flynn daran zu erinnern, wer in diesem Haus das Sagen hatte.

Warum hatte er auch nicht eher eingelenkt? Er wusste doch, wie Arne war, und sein Lebensgefährte tat ja wirklich so viel für ihn. Ohne Arne würde er niemals eine Chance bekommen, Pianist zu werden. Dennoch hasste er das, was ihm bevorstand, er hasste es so sehr, dass er am liebsten aus der Wohnungstür hinausgelaufen wäre, anstatt zurück ins Esszimmer zu gehen.

Aber das war natürlich Unsinn. Wo sollte er denn hin? Außerdem hatte Arne ja recht, er musste lernen, mit den Konsequenzen seines Handelns klarzukommen.

Mit weichen Knien trat er schließlich wieder vor Arne. »Bitte. Es tut mir doch leid«, versuchte er es nochmal.

»Setz dich«, sagte Arne streng und zog Flynns Stuhl ein wenig näher an seinen heran, sodass sie einander direkt gegenübersitzen würden. »Flynn. Es macht mir doch auch keinen Spaß, dir wehzutun. Aber es gehört mehr dazu, ein Pianist zu werden, als jeden Tag Klavier zu üben. Du musst auch lernen, Abmachungen einzuhalten und die Menschen, die dich unterstützen, nicht vor den Kopf zu stoßen. Zum Beispiel, indem du dich deinen Gönnern gegenüber angemessen dankbar verhältst. Wir wissen beide, dass deine Erziehung in diesen Punkten versagt hat, und wir waren uns einig, dass ich dich auch dabei unterstütze, diese wichtigen Charaktereigenschaften zu entwickeln. Ist es nicht so?«

»Ja«, sagte Flynn, auch wenn es eher Arne war, der das beschlossen hatte. Aber er wusste, dass sein Lebensgefährte sich jetzt nicht mehr umstimmen lassen würde, und da war es besser, einfach zu tun, was von ihm erwartet wurde, anstatt es immer noch weiter hinauszuzögern und es nur noch schlimmer zu machen. »Okay«, presste er mühsam heraus und streckte Arne das Lineal hin, ohne ihm dabei in die Augen sehen zu können.

»Gut«, sagte Arne, klang aber alles andere als zufrieden dabei. »Du wirst zehn Schläge erhalten.«

»Was?!« So viele waren es noch nie gewesen!

»Streck deine Hände aus«, sagte Arne unerbittlich, und wie paralysiert gehorchte Flynn. Aber zehn Stück?! Das waren fast doppelt so viele wie beim letzten Mal.

Er keuchte, als das Lineal das erste Mal auf seine ungeschützten Handflächen traf. Sofort löste sich eine der bis dahin mühsam zurückgehaltenen Tränen und kullerte über seine rechte Wange. Schlug Arne heute besonders fest zu? Den zweiten und dritten Schlag hielt Flynn noch durch, schaffte es irgendwie, Arne seine Hände hinzuhalten, aber der vierte Hieb traf genau auf die gleiche Stelle wie der Schlag zuvor, Flynn jaulte auf und presste seine brennenden Finger schluchzend an seine Brust.

»Bitte Arne, bitte hör auf. Es tut so weh!« Verzweifelt wiegte er sich vor und zurück, hoffte wider besseren Wissens, dass sein Lebensgefährte einlenken würde.

»Mir hat deine Zurückweisung auch wehgetan«, sagte Arne jedoch unerbittlich, »streck die Arme wieder aus.«

Irgendwie schaffte Flynn es, doch nach einem weiteren Schlag war es um seine Selbstbeherrschung endgültig geschehen. »Bitte, bitte, Arne, das ist genug«, jammerte er. Inzwischen rannen die Tränen ungebremst über sein Gesicht und verzweifelt versteckte er seine Hände unter den Achseln. »Bitte, ich flehe dich an! Ich werde mir mehr Mühe geben, Arne, ganz bestimmt! Aber bitte, hör auf!«

»Nein Flynn, so geht das nicht. Du willst dich doch auf mein Wort verlassen können, oder? Ich habe zehn gesagt, also wirst du zehn Schläge bekommen. Du möchtest sicher ebenso wenig, dass ich plötzlich beschließe, zwölf oder dreizehn Hiebe wären besser, oder?«

Alles, nur das nicht! Flynn schluchzte jetzt hemmungslos, und doch gelang es ihm irgendwie, Arne seine Hände wieder hinzuhalten. Wieder traf das Lineal auf seine schmerzenden Finger, und dann ging es nicht mehr, er brachte es einfach nicht über sich, die Hände in Erwartung des nächsten Schlages ruhigzuhalten. Er flehte und bettelte, versuchte, seine

Hände vor Arne zu verstecken. Es war Flynn auch ganz gleich, dass Arne ihn einen Feigling nannte, weil er nicht genug Willenskraft aufbrachte, um seine Lektion wie ein Mann zu ertragen – Arne sollte ihn ruhig weiter verspotten, wenn er nur aufhören würde, ihn zu schlagen!

Doch unerbittlich fixierte Arne Flynns Handgelenke auf der Lehne seines Stuhls und verpasste ihm unnachgiebig die noch ausstehenden Hiebe, während Flynn vor Schmerzen schrie.

»Es ist vorbei«, sagte Arne schließlich ruhig, doch Flynn hörte ihn kaum. Es tat so schrecklich weh! Er schaukelte auf seinem Stuhl herum, versteckte seine Hände erst hinter dem Rücken, nur, um sie dann eine Sekunde später verzweifelt aneinander zu reiben, auf der aussichtslosen Suche nach irgendetwas, das diese furchtbare Pein lindern würde. Flynn spürte, wie ihm Tränen und Rotz über das Gesicht liefen, doch im Vergleich zu dem Inferno, das in seinen Fingern tobte, schien ihm das geradezu nebensächlich.

Arne ließ ihn in Ruhe, und tatsächlich wurde das unerträgliche Stechen langsam, aber sicher zu einem dumpfen Pochen, immer noch wahnsinnig unangenehm, aber etwas leichter zu ertragen. Flynn zog die Nase hoch.

»Und?«, sagte Arne.

Flynn wusste, was Arne erwartete. Aber es ging nicht. Dort, wo das Lineal ihn getroffen hatte, war seine Haut ganz rot und geschwollen, teilweise bildeten sich bereits blaue Flecken, es tat immer noch furchtbar weh, doch das Wissen darum, dass sein erstes Engagement geplatzt war, schmerzte fast noch mehr. Ja, er wusste, was er sagen sollte, aber er konnte nicht.

»Flynn! Hast du deine Lektion etwa immer noch nicht gelernt?«

Flynn zuckte vor dem scharfen Unterton in Arnes Stimme zurück. »Doch! Aber ich … ich …«, stammelte er, »ich weiß ja, dass du es nur gut mit mir meinst, Arne, das weiß ich ganz bestimmt! Ich weiß auch, dass ich mich dumm benommen habe! Aber es tut so weh und ich … ich … kann mich einfach nicht dafür bedanken, dass du mir so wehgetan hast …«

»Ach Flynn«, sagte Arne sanft. »Jetzt komm erstmal her zu mir.«

Er klopfte einladend auf seine Oberschenkel, und Flynn sehnte sich so sehr nach Trost, dass er keine Sekunde zögerte, sondern sich auf Arnes Schoß setzte. Der schlang die Arme um ihn, zog ihn sanft an seine Brust und gab ihm einen Kuss auf die Schläfe. »Ich habe doch auch keine Freude daran, dich zu maßregeln. Aber ich möchte, dass du dich zu einem verantwortungsbewussten Mann mit tadellosen Manieren entwickelst, denn nur dann wirst du erfolgreich sein. Aber ich kann dir nur helfen, wenn du auch verstehst, warum ich das tun muss. Ich verlange nicht, dass du dich für die Schläge bedankst, weil ich dich demütigen will! Aber ich muss wissen, ob du dein Fehlverhalten erkennst, es bereust und verstehst, dass ich nur das Beste für dich will, indem ich deine Charaktermängel korrigiere. Der Schmerz allein wird das nicht schaffen, du musst auch einsehen, wie wichtig das ist, was ich hier für dich tue. Wenn dir das Lineal dabei nicht hilft, hat es seinen Zweck verfehlt und ich muss mir etwas anderes ausdenken.«

»Etwas anderes?«, fragte Flynn bang, umarmte Arne dessen ungeachtet ein wenig fester, als könne der Mann ihn vor seinen eigenen Worten beschützen.

»Vielleicht würde es dir mehr helfen, dich daran zu erinnern, was wirklich wichtig ist, wenn ich deine Unterrichtsstunden für ein oder zwei Wochen streichen würde«, schlug Arne ungerührt vor.

O nein, nur das nicht! Schlagartig wurde Flynn mal wieder bewusst, dass er ohne Arnes Unterstützung niemals Karriere machen würde. Denn sein Partner zahlte nicht nur seine Ausbildung, er kannte auch viele prominente Musiker persönlich und war bereit, seine Kontakte zu nutzen, um Flynn zu helfen. Denn Flynn spielte zwar seit seiner Kindheit Klavier, hatte jedoch nicht wie andere die Möglichkeit gehabt, ein Netzwerk aufzubauen, dass ihm helfen würde, einen einflussreichen Lehrer zu finden oder bedeutsame Engagements zu bekommen. Für Arne war das kein Problem, ganz selbstverständlich unterstützte er

Flynn, wo er nur konnte. War es da nicht wirklich schrecklich undankbar gewesen, auf dem Auftritt in der Wellnessoase zu beharren, nachdem sein Lebensgefährte ihm gesagt hatte, wie wichtig es ihm war, Flynn an diesem Tag hier zu haben? Flynn schluchzte erneut.

»Sag mir, was du denkst«, bat Arne.

»Ich schäme mich so! Du hast recht, ich war so dumm und undankbar.«

»Schau mich mal an«, sagte Arne, und als Flynn gehorchte, nahm Arne seine Stoffserviette in die Hand und wischte Flynns Gesicht sauber.

»Du bist so gut zu mir. Ich habe das gar nicht verdient.«

»Und …?«, bohrte Arne leise nach.

»Danke, dass du mir hilfst, mein schlechtes Benehmen zu überwinden. Ich werde es das nächste Mal besser machen«, sagte Flynn, und meinte es in diesem Moment von ganzem Herzen so.

Sanft küsste Arne ihn auf den Mund. »Ich bin so stolz auf dich, weil du nicht einfach nur gesagt hast, was ich hören wollte. Ich bin froh, dass du dein Verhalten reflektiert und letztendlich eingesehen hast, dass alles, was ich tue, nur zu deinem Besten ist.«

»Ich weiß, Arne. Bist du mir noch sehr böse?«

»Aber nein. Du brauchst keine Angst zu haben, dass ich dich fallenlasse, nur, weil dir immer mal wieder ein Fehler unterläuft. Ich werde dich auch in

Zukunft korrigieren, wenn so etwas passiert, aber ich werde dich nie im Stich lassen, Flynn! Du kannst dich auf mich verlassen, ich werde dafür sorgen, dass du ein bekannter Konzertpianist wirst, und ich hoffe, dass du dann froh bist, dass ich immer an deiner Seite war.«

»Das bin ich doch jetzt schon!«, sagte Flynn inbrünstig und kuschelte sich erneut an Arne. Nun, da es vorbei war, war er fast froh, dass Arne auf dem Lineal bestanden hatte, und nicht etwa tagelang sauer auf ihn war, oder ihm gar verbot, zu spielen. Denn bevor er Arne kennengelernt hatte, hatte Flynn nur unregelmäßig Zugang zu einem Klavier gehabt, und wenn er nicht übte, übte, übte, hatte er keine Chance, seinen großen Traum zu verwirklichen.

»Ich glaube, ein bisschen Entspannung würde uns beiden guttun«, sagte Arne schließlich. »Sei so lieb und räum den Tisch ab, ich lasse uns ein schönes Bad ein.«

Flynn nickte nur, auch wenn das heiße Wasser seinen geschundenen Händen gewiss nicht guttun würde. Außerdem würde Arne wahrscheinlich an etwas ganz anderes als an ihre Entspannung denken, wenn sie erst gemeinsam nackt in der riesigen Luxuswanne saßen – allerdings war Flynn die Lust auf Sex gründlich vergangen. Doch nur allzu deutlich war Flynn bewusst, dass das Lineal immer noch direkt neben ihnen auf dem Tisch lag, also sparte er sich jeden Widerspruch und räumte artig die schmutzigen Teller in die Küche.

Als er eher zögerlich zu Arne in die Wanne kletterte, gelang es seinem Lebensgefährten jedoch einmal mehr, ihn zu überraschen. Anstatt die Situation auszunutzen, umsorgte er ihn wie eine Glucke ihr Küken. Fürsorglich wusch er Flynn mit einem besonders weichen Schwamm, cremte nach ihrem Bad seinen ganzen Körper ein, ehe er ihn in ein dickes Handtuch wickelte und ihn sanft in ihr Bett dirigierte.

»Arne? Soll ich nicht …« Obwohl Flynn inzwischen hundemüde war, schien es ihm gar nicht mehr so abwegig wie noch vor einer halben Stunde, sehr viel intensivere Zärtlichkeiten mit Arne auszutauschen. Und hieß es nicht, dass es nichts Besseres als Versöhnungssex gab?

»Nein, Flynn«, unterbrach Arne ihn jedoch und schüttelte nachsichtig den Kopf. »Du bist erschöpft und solltest dich ausruhen. Ich werde dich einfach nur im Arm halten und dir beweisen, wie viel du mir bedeutest.«

»Du … bedeutest mir auch so viel«, murmelte Flynn ergriffen und schmiegte sich in Arnes Umarmung. »Darf ich es dir nicht auch zeigen?«

»Ein anderes Mal. Für heute bin ich ganz zufrieden damit, dass du mir versprochen hast, an dir zu arbeiten.«

»Das werde ich!«, sagte Flynn froh, kroch zu Arne unter die Decke und dann fielen ihm auch schon die Augen zu, während sein Freund ihm leise lachend noch einen Kuss auf den Scheitel drückte.

Am nächsten Morgen ließ Arne ihn ausschlafen, und Flynn schaffte es gerade noch so, rechtzeitig aus dem Bett zu krabbeln, um seinem Lebensgefährten einen schönen Tag zu wünschen.

Wie immer fühlte er sich ein wenig seltsam, wenn am Tag zuvor das Lineal zum Einsatz gekommen war. Verlegen und so, als müsse er noch irgendwas dazu sagen, doch wie schon die Male zuvor nahm Arne ihm die Befangenheit, indem er Flynn nicht anders behandelte, als sonst auch.

»Liebling, ich weiß, es ist Samstag, aber es könnte ein wenig später werden«, sagte er, als er Flynn entdeckte, der ein wenig unsicher an der Küchentür erschien und sich durch das noch verstrubbelte Haar fuhr.

»Das macht doch nichts. Ich werde üben und vielleicht noch ein paar neue Klavierpartituren studieren«, entgegnete er sofort. Lächelnd kam Arne zu ihm, schloss Flynn in die Arme und küsste ihn zärtlich.

»Danke für dein Verständnis, Liebling.«

»Das ist doch selbstverständlich«, murmelte Flynn in den Kuss hinein, und dann verabschiedete Arne sich auch schon und Flynn war allein.

Nach einem schnellen Frühstück sagte er als Erstes den Auftritt in der Wellnessoase ab, denn Arne würde ihm kaum glauben, dass er verstanden hatte, wie wichtig ihm der Termin mit seinem Kunden war, wenn er das nicht prompt erledigte. Obwohl Flynn damit gerechnet hatte, erschütterte ihn die Reaktion der Geschäftsführerin des kleinen Ladens jedoch ziemlich. »Ich hätte nicht gedacht, dass man sich auf Sie nicht verlassen kann«, sagte sie kühl. »Mich so kurz vor Weihnachten ohne einen Live-Act dastehen zu lassen, ist schon ein starkes Stück. Sie sollten sich schämen!«

Darauf wusste Flynn nichts zu erwidern, aber er schämte sich tatsächlich, auch wenn es streng genommen ja nicht seine Schuld war. Oder? Auf jeden Fall hatte er nach all dem wenig Lust auf einen Plausch mit Hannelore. Stattdessen zog er sich ins Musikzimmer zurück, wo ihn die nächsten Stunden gewiss niemand stören würde.

Flynn setzte sich ans Klavier, machte jedoch keine Anstalten zu spielen. Stattdessen musterte er seine Hände. Bei jeder Bewegung pochte immer noch ein dumpfer Schmerz in seinen Fingern, und inzwischen schillerte die Haut in hässlichen Blau- und Grüntönen. Zum Glück hatte er samstags keinen

Unterricht, obwohl es ja nicht das erste Mal war, dass seine Hände so aussahen. Herr Thalberg hatte noch nie ein Wort darüber verloren, dem Himmel sei Dank, denn Flynn hätte wirklich nicht gewusst, wie er das erklären sollte. Dabei hatte sein Lehrer es natürlich gemerkt, nicht nur, weil Herr Thalberg Flynns Hände während des Unterrichts mit Argusaugen überwachte, sondern auch, weil er ihn an diesen Tagen immer leichtere Stücke hatte spielen lassen. Stücke, die Flynn auch mit schmerzenden Händen bewältigen konnte.

Da er heute auf sich allein gestellt war, beschloss er, es ebenso zu halten. Er begann mit dem Aufwärmen der Muskeln in seinen Händen. Allein das war schon äußerst unangenehm, und auch die Tonleitern, die er immer zu Beginn einer Übungseinheit spielte, fielen ihm heute schwer. Aber Flynn wusste, dass ein professioneller Spieler auch unter widrigen Umständen liefern musste.

Deshalb begann er mit einem einfachen Stück von Mozart, das er auch im Schlaf beherrschte. Als dann die ersten Klänge der Ballettmusik aus »Ascanio in Alba« erklangen und seine Finger wie von selbst die richtigen Tasten fanden, merkte Flynn einmal mehr, dass das hier genau das war, was er den Rest seines Lebens tun wollte. Er entspannte sich immer mehr und gab sich ganz dem wunderbaren Gefühl hin, dass allein er es war, der dem Instrument diese wunderschöne Melodie entlockte.

Von dem Musikstück nicht besonders gefordert, schweiften seine Gedanken ab und landeten automatisch bei Arne. Auch wenn Flynns Eltern ihm kein Vorbild dafür geliefert hatten, wie eine intakte Beziehung aussehen könnte, wusste Flynn natürlich, dass Schläge mit einem Lineal in einer Partnerschaft eigentlich nichts verloren hatten. Und er wünschte sich auch wirklich, Arne würde damit aufhören! Obwohl der es natürlich nur gut meinte. Arne selbst war sehr streng erzogen worden und argwöhnte, dass bei Flynn eine Art Defizit bestand, das nun irgendwie ausgemerzt werden musste, weil er ansonsten nicht in der Musikwelt bestehen würde.

Vielleicht stimmte das ja. Wahrscheinlich stimmte es. Nein, es musste ganz sicher stimmen! Arne hatte schon so oft bewiesen, dass es ihm einzig und allein darum ging, Flynn zu helfen. Dennoch hasste Flynn die ganze Tortur so sehr. Die Schmerzen, dass er das Lineal immer selbst holen musste, die Hände freiwillig hinstrecken musste, zumindest am Anfang, wenn die Quälerei noch nicht so schlimm war, dass sein Gehirn nur noch Fluchtgedanken aussandte.

Andererseits hätte er sich die Prozedur gestern – ebenso wie die Male davor – ganz einfach ersparen können. Er hatte doch genau gemerkt, dass Arne keinen Kompromiss eingehen würde, und er hätte viel, viel eher nachgeben müssen! Denn Arne hatte ja recht, das bisschen Geld, das er für den Auftritt bekommen hätte, wäre nicht einmal genug gewesen, um seinen Unterricht für eine Woche zu bezahlen. Und Arne übernahm die Kosten für die Klavierstunden schon seit vielen Monaten, und er hatte auch keinen Zweifel daran gelassen, dass er das auch in Zukunft tun würde. Nichts wollte er dafür, nichts, außer dass Flynn das Bett mit ihm teilte – und das würde er schließlich jederzeit gerne tun, auch ohne, dass Arne ihn derartig reich beschenkte – und dass Flynn hin und wieder bei offiziellen Anlässen an Arnes Seite war. Das war doch wirklich nicht so schwer! Es war dumm von ihm gewesen, auf dem Auftritt in Dantes Wellnessoase zu beharren. Wenn er sich so unreif benahm, war es ja kein Wunder, wenn Arne ihn nicht wie einen gleichgestellten Partner behandelte!

Flynn beschloss, sich ab sofort viel mehr anzustrengen. Dann würde das Lineal künftig da bleiben, wo es hingehörte, nämlich auf Arnes Schreibtisch. Arne hatte erst vor Kurzem erwähnt, dass er sich bald mit Akio Sanya treffen würde, und diesem auch von Flynn und seinen Ambitionen erzählen wollte. Arne glaubte fest daran, dass er den bekannten Pianisten überreden konnte, sich Flynns Klavierspiel einmal anzuhören. Und wenn der Japaner ihn womöglich als Schüler akzeptierte – dann würde sowieso alles ganz anders werden. Arne würde stolz auf ihn sein, er würde Flynn mit ganz anderen Augen sehen, und in ein paar Jahren würden sie beide nur noch über das dumme Lineal lachen.

Flynn spürte, wie er immer zuversichtlicher wurde, während er »Prelude in C Major« von Johann Sebastian Bach anstimmte. Gewiss würde er morgen schon wieder schwierigere Stücke üben können – und dann auch endlich die richtige Melodie finden, die Arne zeigen konnte, wie froh er war, mit ihm zusammen zu sein!

Bevor sich Hannelore am Abend auf den Heimweg machte, teilte sie Flynn noch rasch mit, dass Herr Bender angerufen hätte, es könne spät werden. Flynn solle nicht mit dem Essen warten. Das war ihm nur recht, denn mit Arne am Esstisch zu sitzen, würde nur unschöne Erinnerungen an den gestrigen Abend wecken. Stattdessen verspeiste Flynn seinen kalifornischen Quinoa-Salat und das Vollkorn-Gemüsewrap einfach in der Küche. Schmeckte gar nicht so schlecht. Jetzt blieb ihm nur noch zu hoffen, dass Arnes spätes Eintreffen nicht bedeutete, dass er Stress in der Arbeit hatte. Denn heute hoffte Flynn eigentlich auf ein entspanntes Zusammensein mit seinem Partner.

Als Arne zwei Stunden später endlich eintraf und direkt zu Flynn kam, der es sich im Wohnzimmer inmitten ihrer riesigen Sofalandschaft mit der Klavierpartitur von »Winter Wind« gemütlich gemacht hatte, sah es ganz so aus, als würde dieser Wunsch in Erfüllung gehen. Sein Lebensgefährte wirkte müde, aber nicht unzufrieden. »Tut mir leid, dass ich so spät dran bin«, sagte Arne, und küsste Flynn innig.

»Kein Problem. Du siehst erschöpft aus. Anstrengender Tag?«, fragte Flynn zwischen zwei weiteren Küssen.

»Nur viel Arbeit. Kurz vor Jahresende ist immer der Teufel los. Und du? Hattest du einen schönen Tag, Liebling?« Flynn nickte und Arne gab ihm noch einen Kuss. »Hast du daran gedacht, deinen Auftritt abzusagen?«

»Natürlich. Das habe ich heute Morgen gleich als Erstes gemacht.«

»Sehr gut. Ich wusste, dass du die richtige Entscheidung triffst.«

In Flynns Magen breitete sich ein unangenehmes Ziehen aus. Als ob er eine Wahl gehabt hätte. Aber tapfer lächelte er weiter.

»Ich bin stolz auf dich, Flynn.« Arne klopfe auf sein Jackett und zwinkerte ihm zu. »Irgendwie habe ich schon geahnt, dass du ein guter Junge sein wirst, und deswegen habe ich dir ein Geschenk mitgebracht.«

Mit großer Geste zog Arne einen Umschlag aus der Innentasche seiner Anzugjacke.

»Arne«, meinte Flynn verlegen. »Du gibst mir doch schon so viel. Das ist doch nicht nötig.«

»O doch. Schau rein!«

Flynn öffnete den Umschlag und zog einen Gutschein heraus. Einen Gutschein für einen Wellnesstag. Nicht etwa in Dantes Wellnessoase, sondern im Grand Hotel Marie Therese, einem der teuersten Hotels Münchens.

»Ich …«, sagte Flynn hilflos. »Ich …«

»Schon gut, Liebling. Ich habe doch gespürt, wie enttäuscht du warst, weil du auf diese Wellnessbehandlung verzichten musst. Aber dafür ist es doch nicht nötig, dass du in so einer Klitsche auftrittst. Ich gebe dir alles, was du brauchst.«

»Äh …« Flynn fehlten die Worte. Es war ihm doch nicht um diese Massage gegangen!

»Du brauchst dich nicht zu bedanken«, meinte Arne und schien Flynns mangelnde Begeisterung gar nicht zu registrieren. »In Wahrheit ist das alles mein Fehler.«

Wie bitte?!

»Ich hätte längst merken müssen, dass du viel zu zurückhaltend bist, um mir zu sagen, wenn du einen Wunsch hast. Aber Flynn – ich knöpfe meinen Kunden genug Geld ab, und ich kann mir nichts Schöneres vorstellen, als es für dich auszugeben.«

»Aber … ich habe hier doch alles, was ich brauche«, murmelte Flynn.

»Siehst du, genau das meine ich«, sagte Arne und nickte zufrieden. »So bescheiden! Dabei würde ich alles für dich tun!«

Flynn wusste immer noch nicht, was er zu diesem Geschenk sagen sollte, doch Arne redete schon weiter. »Ich habe meinen Assistenten bereits angewiesen, einen Termin am Montag für dich auszumachen. Um zehn geht es los. Den Unterricht bei Herrn Thalberg habe ich für Montag abgesagt, du kannst morgens noch eine Stunde allein üben, und dann erholst du dich den Rest des Tages einfach mal ein bisschen.«

Flynn schwirrte der Kopf und es wurde nicht besser, als Arne nun eine seiner Hände nahm und einen Kuss auf seine Finger hauchte, direkt auf die deutlich sichtbaren Spuren des gestrigen Abends. »Eine kleine Pause wird dir guttun.«

Was? Was?!

Zum Glück schien Arne keine Antwort zu erwarten, er wandte sich ab und steuerte seinen Weinkühlschrank an. »Ich bin wirklich sehr müde. Spielst du noch ein bisschen für mich?«

»Natürlich«, sagte Flynn und legte den Gutschein weg, froh über den Themenwechsel. Vielleicht schaffte er es ja morgen irgendwie, Arne zu sagen, dass er sich nicht besonders über das Geschenk freute.

Aus Flynns gutem Vorsatz, mit Arne über den Wellnesstag zu reden, war jedoch irgendwie nichts geworden, und so kam es, dass Flynn am Montag pünktlich um kurz nach neun Arnes Wohnung verließ und sich auf den Weg zum Grand Hotel Marie Therese machte. Gestern war er sich noch sehr erwachsen vorgekommen, weil er Arne nicht sagte, dass er das Geschenk nicht mochte. Stattdessen hatte er sich *angemessen dankbar* gegenüber seinem Gönner verhalten.

Aber nun stapfte Flynn missmutig durch den Hofgarten und ärgerte sich ohne Ende darüber, dass er einfach so tat, als sei alles in Ordnung. Natürlich hatte Arne ihm den Gutschein nicht geschenkt, um ihn zu demütigen, aber Flynn fühlte sich genau so: erniedrigt. Denn der Wellnesstag im Marie Therese kostete mindestens zehnmal so viel wie eine Massage in Dantes Wellnessoase. Deswegen konnte Flynn das Geschenk auch nicht als liebevolle Aufmerksamkeit annehmen. Alles, was er fühlte, war, dass sein erstes Engagement als lächerlich und unbedeutend herabgewürdigt wurde, weil es nur einen Bruchteil dessen eingebracht hätte, was Arne nur ein Fingerschnipsen kostete.

Zu allem Überfluss hatte Arne ihm, bevor er am Morgen ins Büro aufgebrochen war, vor Hannelores Augen drei Zehn-Euro-Scheine überreicht – damit Flynn den Bediensteten des Hotels später ein Trinkgeld geben konnte. Auch das war Flynn schrecklich peinlich gewesen, obwohl es ja stimmte, er hatte kein Geld und hätte sich gewiss auch geschämt, wenn er sich bei den Angestellten nicht auf diese übliche Weise bedanken konnte. Aber hatte ihm Arne wirklich so deutlich vor Augen führen müssen, wie abhängig er von ihm war?

Normalerweise störte es Flynn nicht, dass er kein Geld mehr verdiente. Seit er mit Arne zusammenlebte, kam der für alles auf, was Flynn benötigte. Ja, Arne betonte nicht nur immer wieder, dass er das gerne tat, er ermutigte Flynn auch immer wieder, es ruhig zu sagen, wenn er sich etwas wünschte. Doch Flynn fühlte sich auch so schon häufig wie ein Schmarotzer und wollte es nicht noch schlimmer machen.

Klar, manchmal würde er sich schon gerne ein Eis oder einen Burger holen, nur so als Ausgleich zu Hannelores gesunder Kost. Aber so wichtig war das auch nicht, dass er Arne deswegen um Geld bitten wollte.

Irgendwann hatte Arne vorgeschlagen, dass Flynn sein Konto auflösen solle, um nicht sinnloserweise Kontoführungsgebühren zu bezahlen, und das war wirklich vernünftig gewesen. Das bisschen Geld, das noch drauf gewesen war, hatte Flynn für ein Geburtstagsgeschenk für Arne ausgegeben.

Auch deswegen hatte er sich über den Auftritt gefreut. Mit dem Geld hätte er Arne ein Weihnachtsgeschenk kaufen können, nachdem sein ursprünglicher Plan, ein Stück für ihn zu komponieren, nicht so recht funktionierte. Vielleicht hätte er Arne das sagen sollen? Aber vermutlich hätte der ihn daraufhin in irgendein luxuriöses Geschäft in der Maximiliansstraße geschickt und gesagt, dass Flynn etwas aussuchen und die Rechnung an Arne schicken lassen solle. Das hätte höchstwahrscheinlich damit geendet, dass Flynn an Heiligabend eine völlig überteuerte Weinflasche an seinen Partner überreicht hätte – etwas, wofür Flynn normalerweise nie Geld ausgeben könnte oder wollte.

Genau wie er diesen Wellnesstag völlig überzogen fand. Als Erstes würde er einen Champagnercocktail bekommen, bevor eine ayurvedische Ganzkörpermassage anstand, und zur Mittagszeit würde … Kaviar oder so etwas gereicht werden.

Flynn hielt an, zog seine Handschuhe aus und nahm den Umschlag aus seiner Manteltasche, um sich den Gutschein noch einmal anzusehen. Ah ja,

Austern waren es gewesen, kein Kaviar. Eines genauso eklig und überflüssig wie das andere.

Flynns Blick wanderte von dem Gutschein in seiner einen Hand zu den Handschuhen in der anderen. Feine Handschuhe waren das, aus ganz dünnem Leder und innen gefüttert. Natürlich hatte Arne sie ihm geschenkt, und er bestand darauf, dass Flynn sie im Winter immer trug, wenn er das Haus verließ. Damit seinen wertvollen Pianistenhänden nichts passierte.

Wie absurd war das eigentlich? Flynn sollte nicht ohne Handschuhe vor die Tür, aber Arne dachte sich nichts dabei, mit einem Lineal auf seine ach so wertvollen Finger zu schlagen? Diese *Maßnahmen* und seine *schlechten Charakterzüge* zu korrigieren, waren Flynn schon immer ziemlich fragwürdig erschienen, aber bisher hatte er hauptsächlich daran gedacht, wie er es anstellen konnte, damit so etwas nie wieder passierte … doch wie paradox diese sogenannten *Konsequenzen für sein Fehlverhalten* wirklich waren, war ihm noch nie aufgegangen.

Immer noch stand er wie versteinert mitten auf einem der Kieswege des Hofgartens. Ja, er war undankbar gewesen, das sah er ja ein. Ja, er hätte darüber nachdenken sollen, bevor er Arnes Wunsch, den Auftritt abzusagen, so rigoros ablehnte. Aber Arne war doch auch nicht besser! Hatte der sich überlegt, wie dieses überteuerte Geschenk auf Flynn wirken musste? Offenbar nicht, sonst hätte er ihm gewiss etwas mitgebracht, was ihm mehr Freude machte. Und hatte Arne sich etwa daran erinnert, wie widerlich er die schlabbrigen Austern gefunden hatte, als Arne ihm das letzte Mal eine zum Probieren gegeben hatte? Anscheinend auch nicht! Hatte er ihn wenigstens vorher gefragt, bevor er einfach einen Termin ausmachte? Hatte er nicht, denn sonst stände Flynn jetzt gewiss nicht hier!

Nein, so ging das nicht. Ja, er liebte Arne und er wollte sich auch wirklich für dessen Großzügigkeit erkenntlich zeigen. Aber immerhin hatte Flynn nicht darum gebeten, seinen Job kündigen zu dürfen und sich von Arne aushalten zu lassen, das hatte Arne ihm nicht nur von sich aus angeboten, er hatte auch vehement darauf gedrängt, nachdem Flynn zunächst gezögert hatte. Und deswegen musste er sich von Arne auch nicht alles gefallen lassen! Klar, jetzt, wo der Termin schon einmal feststand, würde er auch hingehen. Aber er würde die Austern nicht essen und den Angestellten auch kein Trinkgeld geben, sondern sich von den dreißig Euro nachher eine ganze Packung Nürnberger Schokoladenlebkuchen holen oder einen Burger oder beides, und heute Abend würde er Arne nicht von seinem tollen Tag vorschwärmen, sondern ein ernstes Gespräch mit ihm führen! So!

Mit neuer Energie marschierte Flynn wieder los, doch schon nach wenigen Metern geriet sein Schritt erneut ins Stocken. Auf einer der Bänke am Rande des Hofgartens saß ein Obdachloser, und neben ihm hockte ein schwarzer Hund auf einer Decke. Flynn fand, dass dies ein seltsamer Ort zum Betteln war, aber offenbar taten die beiden genau das, jedenfalls standen direkt vor Mann und Hund ein Einwegbecher von Starbucks und ein Pappschild auf dem Boden. Allerdings schenkte der Bettler seinem Umfeld keinerlei Beachtung, konzentriert war er dabei, sich eine Zigarette zu drehen.

Da die beiden ihn bisher offenbar nicht bemerkt hatten, traute Flynn sich, den Obdachlosen ungeniert zu mustern, während er langsam weiterging. Der Bettler trug schwere Doc Martens, die schon bessere Zeiten gesehen haben mussten, eine verwaschene Cargohose und einen grünen Armeeparka. Auf dem Kopf saß, halb nach hinten geschoben, ein grauer Hut. Unter dem schauten wie die Stacheln eines Igels einige dunkle Haarsträhnen mit burgunderroten Spitzen hervor.

Der schwarze Hund hob den Kopf, als Flynn näherkam, stufte ihn jedoch offenbar als ungefährlich ein. Jedenfalls wirkte es so, denn der Hund legte seinen großen Kopf auf den Oberschenkel des Mannes, leckte sich mit einer erstaunlich rosafarbenen Zunge über die Nase und schloss dann halb seine Augen.

Jetzt sah Flynn auch, dass ein kleines Stück von einem seiner Schlappohren fehlte, und um die Schnauze herum hatte der Hund bereits einige graue Haare. Aber sein Fell sah gepflegt aus und er trug sogar ein Halsband.

Inzwischen war Flynn so nah, dass er den Text auf dem Schild lesen konnte. Es war nicht das von ihm vermutete »Habe Hunger!« in krakeliger Schrift, sondern in erstaunlich filigranen Buchstaben stand da: »Heute im Angebot: Gutes Gewissen 1 €«

Flynn musste grinsen, und die Idee, die schon am Rande seines Bewusstseins herumschwirrte, seit er den ersten Blick auf den Obdachlosen geworfen hatte, nahm konkrete Formen an. Warum nicht? Er wollte Arnes Geschenk nicht, aber er könnte jemand anderem eine Freude damit machen.

»Hey«, sagte er, als er den Obdachlosen und seinen Hund erreicht hatte. Der Mann hob den Kopf, und nun starrte Flynn direkt in die unglaublichsten, ozeanblauen Augen, die er jemals gesehen hatte. Er musste sich einmal räuspern, ehe er irgendwie herausbrachte: »Das ist für Sie.« Er drückte dem Bettler den Umschlag in die Hand. Der Mann richtete seinen Blick sofort darauf, und so wurde Flynn zu seiner Erleichterung aus dem Bann der faszinierenden Augen entlassen. Obwohl Flynn gar nicht wusste, wohin er als Nächstes gehen sollte, wandte er sich von dem Obdachlosen ab und marschierte los.

»Moment mal, du Scherzkeks!«, rief der Mann ihm in dem Moment nach. »Was soll der Scheiß?!«

Ehe Flynn so ganz verstand, dass Arnes Gutschein offenbar auch bei dem Bettler nicht besonders gut ankam, wurde er an der Schulter gepackt und herumgewirbelt. »Was soll ich mit so 'nem Mist, hm? Wellness für den Penner? Damit er mal duscht und nicht mehr stinkt wie ein Schwein?!«

Erschrocken machte Flynn einen Schritt zurück, stolperte und landete mit seinem Hintern auf einer der grünen Parkbänke. Der Mann dachte, er hätte gedacht …?

»Entschuldigen Sie bitte«, stammelte er und sah zu dem Obdachlosen hoch, der nun sichtlich erbost über ihm thronte. »So habe ich das nicht gemeint. Ich dachte, es wäre schön für Sie, einen Tag im Warmen … und mal was anderes zum Essen …« Flynn wurde immer leiser. Ach, verdammt. »Ich mache es nur schlimmer, oder?«

Zu seiner großen Erleichterung hörte der Mann auf, ihn grimmig anzufunkeln. Der verärgerte Ausdruck auf seinem Gesicht verschwand und er schüttelte geradezu nachsichtig den Kopf. Dann streckte er Flynn eine Hand hin. »Du bist mir ja 'ne Marke. Na los, komm hoch, bevor dein schickes Mäntelchen noch schmutzig wird.«

Ohne zu zögern reichte Flynn dem anderen seine Hand und ließ sich wieder auf die Füße ziehen. Nun, da sie ganz dicht voreinander standen, merkte er nicht nur, dass sie ungefähr gleich groß waren, nein, der Obdachlose war auch recht jung, er musste um die Zwanzig sein, so wie Flynn. Seine rechte Augenbraue wurde, ebenso wie seine Unterlippe, durch ein silbernes Piercing geteilt, er war glattrasiert und roch auch nicht komisch, im Gegenteil, eher so, als hätte er an diesem Morgen mit einem Kräutershampoo geduscht. Vielleicht waren da aber auch Kräuter in der Zigarette, die der andere sich jetzt zwischen die Lippen klemmte.

Diese Gedanken würde Flynn aber für sich behalten, um sich nicht noch mehr zum Narren zu machen. »Tut mir leid, ich habe nicht nachgedacht«, sagte er. Mann, da warf er Arne vor, dass er gedankenlos gehandelt hatte, als er ihm den Wellnesstag geschenkt hatte, und er selbst war kein Stück besser. Er nahm dem Obdachlosen den Gutschein wieder ab, als der ihm den Umschlag nun auffordernd hinhielt.

»Ich hätt' auch nicht gleich ausflippen müssen. Bist 'nen guter Kerl, hab' ich gleich gesehen.«

»Ach ja?«

»Weißt du, wie viele reiche Pinkel mir in die Augen gucken, wenn sie mir ein paar Münzen in den Becher werfen? Keine Sau macht das, mich siezt auch keiner, und niemand, der mich nich' kennt, gibt mir die Hand.«

Flynn schluckte. Um nicht aus Versehen zuzugeben, dass sich die Hand des anderen unheimlich gut in seiner angefühlt hatte, glatt und kühl und sehr, sehr angenehm, meinte er: »Das tut mir leid. Ich habe das wirklich nicht despektierlich gemeint, aber ich hätte besser überlegen sollen.«

Der andere grinste, zündete sich die Zigarette an, blies den Rauch jedoch rücksichtsvoll an Flynn vorbei. »Warum gehst'n da nicht selber hin?«

»Das werde ich wohl tun«, sagte Flynn resigniert. Gewiss würde er nicht noch einmal versuchen, den Gutschein einer Art gutem Zweck zuzuführen, und wegwerfen konnte er ihn ja schlecht. Dann hätte Arne wirklich allen Grund, sauer auf ihn zu sein.

»Warum kaufst du dir denn so einen Schmarrn, wenn du keinen Bock drauf hast?«

»Es war ein Geschenk. Ich habe wirklich keine Lust, den Termin wahrzunehmen, aber …«

»Ich würd' ja für dich hingehen, wenn dich das so stresst, aber die lassen mich doch nie rein – und den Hund schon dreimal nicht. Hey, jetzt guck nicht so bedröppelt! Tausch das Teil doch um. Die sollen dir die Kohle geben, die das gekostet hat und gut is'.«

Flynn runzelte die Stirn. »Aber … der Termin ist heute. In einer halben Stunde.«

»Dann solltest du nicht trödeln.«

»Tausch du ihn doch um«, schlug Flynn vor und versuchte dem anderen den Umschlag wieder in die

Hand zu drücken. »Dann kannst du dir ... kaufen, was immer du willst.« Flynn lobte sich insgeheim selbst, weil er nicht versuchte, dem jungen Mann Vorschriften zu machen, was er mit dem Geld anstellen sollte. Erst dann merkte er, dass er den Obdachlosen nun duzte – aber da der es genauso hielt, war es wahrscheinlich in Ordnung.

Den Gutschein nahm der Bettler jedoch nicht wieder an. »Mensch, von welchem Planeten kommst du eigentlich? Wenn ich in das Marie Therese reinmarschier', dann geben die mir kein Geld, sondern rufen die Bullen. Weil die automatisch davon ausgehen, dass jemand, der aussieht wie ich, den Gutschein jemandem geklaut hat, der aussieht wie du.«

»Oh«, machte Flynn und wünschte sich einmal mehr, der Boden möge sich auftun und ihn verschlingen.

»Traust' dich nicht, das durchzuziehen?«, fragte der andere direkt.

Flynn sah zur Seite und nickte verlegen. Wenn er das Hotel erst betreten hatte, würde er es gewiss nicht wagen, Geld zu verlangen, sondern die Behandlung über sich ergehen lassen und wahrscheinlich sogar die gruseligen Austern essen. Er hatte bereits seinen ganzen Mut verbraucht, indem er versucht hatte, dem Bettler den Gutschein zu schenken, mehr war nicht da. Seine Minirebellion war schon wieder vorbei.

»Na gut. Ich helf' dir«, sagte der Obdachlose und ging zurück zu der Bank, auf der er zuvor gesessen hatte. Der schwarze Hund harrte noch immer auf der Decke daneben aus, verfolgte das Geschehen jedoch aufmerksam. »Das wär' doch gelacht, wenn wir dich nicht davor bewahren könnten, so einen Firlefanz mitzumachen«, sagte der Bettler und stopfte sein Schild, den Becher und die Hundedecke in eine fadenscheinige Armeetasche. War das etwa alles, was der Mann besaß?

»Ich wollte nicht … hast du nicht …«, *was Besseres zu tun*, hätte der Satz eigentlich enden sollen, aber Flynn wollte den Obdachlosen nicht schon wieder aus Versehen beleidigen.

»Weißt du, was man auf der Straße als Erstes lernt? Wenn dir jemand Hilfe anbietet, frag' nicht, sondern nimm, was du kriegen kannst. Noch wer wird nich' kommen.«

»Okay«, sagte Flynn.

»Ich bin übrigens Pit.«

»Flynn«, sagte Flynn, und dann streckte er Pit nochmal seine Hand hin. Nur, damit der merkte, dass es beim ersten Mal kein Versehen gewesen war. Und ein bisschen auch deswegen, weil er den anderen Mann gerne nochmal anfassen wollte.

Pit grinste und schüttelte ihm nicht nur die Hand, sondern machte auch eine übertriebene Verbeugung dabei. »Sehr erfreut!«, sagte er affektiert. Einen Moment war Flynn verblüfft, doch dann lachte er.

Pit grinste. »Steht dir gut, das Lachen. Aber jetzt komm. Je später wir dran sind, umso mehr Terz machen die.«

Flynn nickte, steckte den Gutschein ein und zog seine Handschuhe wieder an. Nicht, um seine Hände vor der Kälte zu schützen, sondern damit Pit die blauen Flecke nicht bemerkte. Der Obdachlose hielt ihn sicher sowieso schon für total armselig, die Spuren, die Arne auf seinen Fingern hinterlassen hatte, musste er nicht auch noch sehen.

»Ist der Hofgarten ein guter Ort, um Leute anzuschnorren?«, fragte Flynn, und biss sich sofort auf die Zunge. Er wollte zu gerne mehr über Pit und seinen Hund erfahren, aber irgendwie stellte er sich dabei ziemlich dämlich an.

Doch diesmal schien er nicht in ein Fettnäpfchen getappt zu sein.

»Nee, nicht wirklich«, meinte Pit. »Vor Weihnachten sitzt die Kohle bei den Spießern da schon lockerer, aber die meisten ham keinen Bock, bei der Kälte stehenzubleiben und ein paar Münzen aus der Tasche zu fischen. Könnten ja festfrieren oder sich 'nen Schnupfen holen.« Pit zuckte mit den Achseln. »Aber Seco muss schon die ganze Nacht im Kälteschutzbunker stillhalten, und dem gefällt's im Hofgarten besser als vorm Kaufhof oder in 'nem

Zwischengeschoss zur U-Bahn. Also hocken wir draußen, wenn's nicht grad' pisst.«

»Kälteschutzbunker?«, fragte Flynn. Das hörte sich irgendwie martialisch an. Aber er freute sich, dass Pit so offen von sich sprach.

»Die Notunterkunft für Obdachlose der Kälteschutzhilfe. Wir sind vorübergehend auf Platte und es ist zu kalt, um draußen zu pennen.«

»Dahin darfst den Hund mitbringen?«, fragte Flynn.

»Klaro. Wenn er keinen Aufstand macht. Aber Seco is' kein Jungspund mehr, der weiß, wie's läuft.«

»Das ist aber ein ungewöhnlicher Name für einen Hund. Secco wie der Perlwein?«

»Seco«, korrigierte Pit, und grinste Flynn von der Seite an. »Obwohl Secco auch cool wäre. Aber nein, Seco wie Secondo. Ich steh' auf Spitznamen.«

Der Hund stupste Flynn ein wenig mit seiner Schnauze an, als gefiele es ihm, dass Flynn sich auch für ihn interessierte.

»Dann ist Pit bestimmt auch ein Spitzname.«

»Japp.« Pit zwinkerte ihm zu. »Aber frag' jetzt nicht, welcher Name auf meiner Geburtsurkunde steht. Für peinliche Geständnisse kennen wir uns noch nicht gut genug.«

»Okay«, sagte Flynn sofort. Er traute sich nicht zu sagen, dass er Pit sehr gerne besser kennenlernen würde. Aber dummerweise kamen sie gerade vor dem Marie Therese an, und was immer das Gespräch da drin bringen würde, sobald es vorbei war, würden sie einander wohl nicht wiedersehen.

»Bleib«, sagte Pit zu seinem Hund und Seco setzte sich derartig würdevoll neben einen Laternenmast, dass niemand auf die Idee kommen würde, dass der Hund mit dem schwarz glänzenden Fell nicht in diese vornehme Umgebung gehörte. Mit leichtem Grummeln im Magen betrat Flynn Seite an Seite mit Pit das Foyer des Hotels. Doch niemand scherte sich um sie, als sie der Beschilderung zum Wellnessbereich folgten. Es ging durch einen langen Gang, der mit einem dicken Orientteppich ausgelegt war und der ihre Schritte dämpfte, dann hatten sie das Spa auch schon erreicht.

Hier empfing die beiden jungen Männer leise Flötenmusik, es roch dezent nach Jasmin und Kokosnuss, die Rezeption des Wellnessbereichs war umrahmt von gepflegten Bambuspflanzen und die junge Empfangsdame mit der blütenweißen Jacke und dem pechschwarzen Pferdeschwanz fügte sich perfekt in das Bild ein. Das Einzige, was das makellose Wohlfühlambiente störte, war die platinblonde Mittvierzigerin, die mit verkniffenem Mund vor dem Empfangstresen stand. Ihre sorgfältig manikürten Fingernägel trommelten ungeduldig auf der Theke und ihre ganze Haltung drückte ihr Missfallen aus.

»Tut mir leid Frau Lehmann, aber wir sind ausgebucht, da kann ich wirklich nichts machen. Aber ich reserviere Ihnen gerne einen Termin für einen der nächsten Tage«, sagte die Rezeptionistin und schob der Dame einen Flyer hin. »Informieren Sie sich doch bitte über unser Angebot, dann buche ich Ihre Wünsche gleich entsprechend ein.«

Die Dame zog sich mit einem abfälligen Schnauben zu einer Rattan Sitzgruppe zurück, und Flynn trat mit weichen Knien an den Tresen und stellte sich vor.

»Ich habe einen Termin …«

»Ja, natürlich. Herzlich willkommen im Marie Therese! Wenn Sie bitte hier links …«

»Nein, nein, ich wollte sagen, dass ich den Termin leider nicht wahrnehmen kann.«

»Ach, wie schade«, sagte die Empfangsdame, konnte jedoch nicht verhindern, dass ihr Blick kurz zu der anderen Kundin huschte, bevor sie Flynn den Umschlag abnahm. »So kurzfristig kann ich leider keine Umbuchung vornehmen. Sind Sie sicher, dass Sie den Wellnesstag einfach so verfallen lassen möchten?«

»Äh, ja«, sagte Flynn betreten und wollte sich schon abwenden, doch nun mischte Pit sich ein, der offenbar nicht so schnell aufgeben wollte.

»Nicht so hastig. Bei einem renommierten Haus wie dem Ihren sind wir selbstverständlich davon ausgegangen, dass Sie den nicht unerheblichen Betrag, den mein Freund für diese Behandlung investiert hat, erstatten«, sagte er.

Flynn hatte Mühe, ihn nicht mit offenem Mund anzustarren, denn Pit klang mit einem Mal gar nicht mehr wie ein obdachloser Bettler, sondern wie der Absolvent einer Eliteschule. Auch die Empfangsdame blinzelte ein wenig irritiert und bekam Pits Erscheinungsbild und seinen hochnäsigen Tonfall offenbar auch nicht sofort zusammen.

»Nun, der Gutschein bezieht sich auf eine Wellnessbehandlung am heutigen Tag, und unsere AGB besagen, dass im Falle einer Stornierung …«, begann sie.

»Ich muss Sie doch nicht darauf hinweisen, dass es nicht zulässig ist, nicht in Anspruch genommene Leistungen vollumfänglich in Rechnung zu stellen«, unterbrach Pit sie sofort. »Nicht wahr? Ganz abgesehen davon wollen Sie den hervorragenden Ruf Ihres Hauses doch nicht aufs Spiel setzen, indem Sie auf jedwedes Entgegenkommen verzichten?«

»Ähm … ich bin nicht befugt …«, stammelte sie.

Pit beugte sich ein wenig über den Tresen und kam so nicht nur der Rezeptionistin, sondern auch Flynn sehr nahe. Erneut stieg ihm der Geruch nach Kräutershampoo in die Nase und jagte Flynn einen Schauer über den Rücken.

»Schätzchen, wir wissen doch beide, dass Blondie da hinten mit einem Megatrinkgeld ums Eck kommen wird, wenn du Flynns Behandlung an sie weiterverscherbelst, also hör auf dich zu zieren, und rück' die Kohle 'raus, bevor die Tussi abschwirrt.« Jetzt klang Pit wieder wie der Obdachlose von der Parkbank. Faszination beschrieb nicht annähernd das, was Flynn in diesem Moment empfand.

»Nun, ich denke, wir können eine Ausnahme machen«, sagte die Empfangsdame verschnupft und versuchte offenbar, ihre Würde zurückzubekommen. »Sind Sie mit einer Stornierungsgebühr von fünfzehn Prozent einverstanden?«

Flynn nickte schnell. »Selbstverständlich.«

»Nun gut. Aber ich weise nochmal ausdrücklich darauf hin, dass wir die Erstattung nur aus Kulanzgründen vornehmen. Das nächste Mal nehmen Sie Ihren Termin bitte wahr oder stornieren spätestens 24 Stunden vorher!«

»Natürlich. Tut mir leid für die Umstände«, sagte Flynn, und dann sagte er gar nichts mehr, denn die Empfangsdame blätterte ihm 465 Euro hin.

465 Euro!

Das war verdammt viel Geld für einen einzigen Tag. Schnell schob Flynn die Scheine in seine Manteltasche, und versuchte, nicht an Arne, dessen Geld das ja eigentlich war, zu denken. Pit zwinkerte ihm zu, Flynn stammelte noch einmal einen Dank und dann waren er und Pit auch schon wieder auf dem Weg nach draußen.

»Was war das denn?«, flüsterte Flynn. »Du warst …
wahnsinnig toll.«

»Kein Ding«, wiegelte Pit sofort ab, doch Flynn
glaubte, eine leichte Röte zu erkennen, die sich über
Pits Wangen auszubreiten schien. »Mein Alter is'
Anwalt, da bleibt einiges hängen im Laufe der Jahre.«

»Oh«, sagte Flynn, wagte aber nicht, weiter nach-
zufragen. Da steckte bestimmt eine traurige
Geschichte dahinter.

»Wir kommen nicht besonders gut miteinander
aus«, ergänzte Pit jedoch ungefragt.

Nun ja. Das konnte alles oder nichts heißen. Flynn
war froh, dass sie in diesem Moment wieder an die
frische Luft hinaustraten und Pit sofort seinen Hund
ansteuerte.

Seco hatte sich nicht vom Fleck gerührt, stand aber
nun, da er die beiden jungen Männer entdeckte, auf
und wedelte – dem schicken Umfeld angepasst – einmal hoheitsvoll mit seiner Rute.

»Guter Hund«, sagte Pit, und kraulte Seco kurz
hinter den Ohren. Als er sich wieder zu Flynn
umdrehte, hatte dieser das Geld schon wieder in der
Hand. Was immer Pit hatte sagen wollen, offenbar
war es Flynn gelungen, ihn sprachlos zu machen,
denn Pit klappte den bereits geöffneten Mund wieder
zu.

»Für dich. Und für Seco«, sagte Flynn und hielt ihm
die Scheine hin.

»Hey, langsam. Deswegen bin ich doch nicht mit. Das sind deine Kröten.«

»Ich hätte keinen Cent gesehen, wenn ich da allein reingegangen wäre, das wissen wir doch beide. Ich brauche das Geld nicht, ich habe noch dreißig Euro.«

Mist. Pit brauchte eigentlich nicht zu wissen, dass diese dreißig Euro Flynns gesamte Barschaft waren. Aber scheinbar hatte er nichts gemerkt. Nachdenklich kratzte Pit sich hinter dem Ohr.

»Sag mal Flynn, nachdem du diesem Wellnesswahnsinn entronnen bist, hast du doch heute nichts vor, oder? Was hältst du davon, wenn wir einen Teil von der Kohle gemeinsam auf den Kopf hauen? Wir könnten was essen gehen.«

Flynn spürte, wie sein Herz ein wenig schneller schlug. Pit wollte doch nicht wirklich den Tag mit ihm verbringen, oder? Hielt er ihn denn nicht auch für einen dieser Spießer, von denen der Obdachlose so abfällig gesprochen hatte? Andererseits hätte er auch einfach das Geld nehmen und abhauen können, wenn er keine Lust auf Flynns Gesellschaft hätte.

»Gerne«, sagte Flynn leise.

»Cool! Aber nich' hier, alles Schickimicki und viel zu teuer. Ich kenn einen super Laden in der Au. Ich hoffe, du magst Chili con Carne.«

»Mir ist alles recht – solange es keine Vollwertkost ist.«

Pit lachte. »Nee, Mari kocht schön deftig, und dazu gibt's eine richtig fette Scheibe Weißbrot. Wir nehmen die U-Bahn vom Königsplatz bis zum Kolumbusplatz. Geht ruckzuck, und dann reicht's vor dem Essen sogar noch für eine heiße Schokolade!«

O ja! Eine heiße Schokolade war so viel besser als der Smoothie, den Flynn heute Morgen getrunken hatte. Ihm lief jetzt schon das Wasser im Mund zusammen. Dass er den Vorschlag toll fand, brauchte er scheinbar nicht zu sagen, denn Pit schlug ihm mit einem weiteren Lachen auf die Schulter. »Alles klar! Dann ist das abgemacht.«

Überhaupt lachte Pit recht viel. Als sie sich einträchtig auf den Weg zur U-Bahn-Station machten, lachte er über Seco, der versuchte, eine umherfliegende Papiertüte zu schnappen, über einen Typen, der eine Nikolausmütze zu seinem Armani Mantel trug, und über eine Gruppe junger Erwachsener, die offenbar an einer Geocaching-Schatzjagd teilnahmen, hin- und herliefen, in ihre Smartphones starrten und sich gegenseitig fast über den Haufen rannten.

»Aber jetzt erzähl' mal«, sagte Pit schließlich, als gerade nichts in Sicht war, über das er sich amüsieren konnte. »Was machst'n so den lieben langen Tag, wenn du nicht gerade auf dem Weg bist, um in einem goldenen Whirlpool zu planschen?«

»Ich spiele Klavier«, gab Flynn verlegen zu.

»Was, echt? Wie cool ist das denn? In einer Band, oder was? Kenn ich die? Besorgst du mir 'ne Freikarte?«

»Nein, tut mir leid. Klassische Musik. Mozart, Bach, Vivaldi … so was.«

»Hm. Na ja. Wem's gefällt. Aber es scheint ja gut anzukommen, wenn ich mir dein schniekes Mäntelchen so anschaue.«

Flynn spürte förmlich, wie die Hitze seinen Hals hochkroch und seine Wangen rot färbte. »Nein … ich muss noch viel lernen, für Auftritte bin ich noch nicht gut genug.« Jedenfalls nicht für Auftritte, die so einen Mantel finanzieren würden, wie Arne ihn einfach so nebenbei für Flynn gekauft hatte, als er das erste Mal seine alte Daunenjacke gesehen hatte. »Aber mein Freund verdient gut.« Flynn spürte, wie die Hitze in seinem Körper noch zunahm. So hörte sich das total bescheuert an.

»Du hast einen Sugardaddy!«, sagte Pit prompt, klang jedoch komischerweise anerkennend dabei.

»Was – nein! So ist das nicht«, protestierte Flynn schwach.

»Komm schon, da ist doch nix dabei.« Kumpelhaft knuffte Pit ihn in die Seite. »Als ich damals zu Hause abgehauen bin, hatte ich auch Sex mit ein paar Typen, bloß damit ich mal in einem richtigen Bett pennen und duschen konnte. Na und? Hatten wir doch beide was davon, und ein Kerl, den man so richtig durchgenommen hat, setzt einen bestimmt nicht mitten in der Nacht vor die Tür.«

O Gott, o Gott, o Gott! Zu viel Information! Würde Flynn jetzt in einen Whirlpool steigen, würde wahrscheinlich das ganze Wasser innerhalb von Sekunden verdampfen, so heiß war ihm inzwischen geworden.

»Hauptsache, du steigst freiwillig mit dem in die Kiste«, fügte Pit nun auch noch hinzu.

»Natürlich«, sagte Flynn atemlos. »Arne ist ein aufmerksamer Liebhaber.«

»Und du bist ganz schön verklemmt.« Pit lachte mal wieder, ließ es jedoch darauf beruhen, da sie in diesem Moment den Eingang zur U-Bahn-Station erreichten und Flynn darauf bestand, von ihrem reichlich vorhandenen Bargeld eine Streifenkarte zu kaufen. Was Pit überhaupt nicht einsah.

»Das ist doch rausgeschmissenes Geld. Mann, was sollen die Kontrollettis denn machen? Mir einen Bescheid für das erhöhte Beförderungsgeld ausstellen? Wo sollen die den denn hinschicken, hm?«

»Das macht man nicht. Wenn niemand zahlt, gibt es bald keine U-Bahn mehr«, sagte Flynn. Er mochte es nicht, dass er wie ein Oberlehrer klang, aber auf keinen Fall wollte er zugeben, dass er vor allem Angst davor hatte, dass *ihm* der Bescheid zugestellt würde, sollten sie erwischt werden. Und er könnte nicht mal darauf hoffen, dass er den Brief abfing, bevor Arne ihn sah, denn bezahlen könnte er das Bußgeld sowieso nicht. Flynn wollte sich gar nicht ausmalen, was sein Lebensgefährte davon halten würde.

Er beschloss, am besten gar nicht mehr an Arne zu denken, bis er heute Abend nach Hause ging. Zwar zwickte ihn das schlechte Gewissen ein wenig, aber wann hatte er das letzte Mal die Möglichkeit gehabt, einen ganzen Tag lang zu tun und zu lassen, was ihm gefiel? »Bitte, ich will einfach nur eine schöne Zeit haben und nicht wegen Schwarzfahren ...«, sagte Flynn und merkte ärgerlicherweise, wie seine Stimme dabei zitterte.

»Hey, kein Ding! Is' ja nich' so, als ob wir knapp bei Kasse wären«, lenkte Pit zum Glück sofort ein, und Flynn stempelte für sie alle.

Erst als sie in der U-Bahn saßen, fiel Flynn auf, dass Pit vorher nicht mal mit der Wimper gezuckt hatte, als Flynn gesagt hatte, dass er einen Freund hatte. Nicht nur, dass es für Pit okay zu sein schien – er hatte selbst von *Kerlen* gesprochen, bei denen er für Sex hatte übernachten dürfen.

Pit war schwul. Oder bisexuell.

Und Flynn war so was von am Arsch.

Sie verließen die U-Bahn am Kolumbusplatz, ohne dass ein Fahrkartenkontrolleur auch nur in ihre Nähe gekommen wäre. Doch Pit war so nett, Flynn deswegen nicht aufzuziehen. Stattdessen erzählte er von Mari und ihrem Café.

»Mari ist echt super. Sie wollte mit ihrem Café einen Ort schaffen für Leute, die sich keine warme Mahlzeit leisten können, Rentner, Hartz-IV-Empfänger, Alleinerziehende. Klar, dafür braucht's erstmal jede Menge Kohle! Kannste schon vom Staat kriegen, wenn's dir nix ausmacht, erstmal jahrelang mit einem Stapel Scheißformulare von Pontius zu Pilatus zu rennen. Also hat Mari ihre eigene Finanzierung auf die Beine gestellt. Und jetzt rentiert sich das Ganze schon. Jeder Gast zahlt so viel für sein Essen, wie er eben kann. Und weil Mari super lecker kocht, kommen auch die Hipster aus Haidhausen hin, und da kommt schon was zusammen! Cool, oder?«

Fasziniert hörte Flynn zu, während Pit eine völlig fremde Welt vor ihm ausbreitete und sich ganz nebenbei eine Zigarette drehte.

»Da wird Mari schön blöd gucken, wenn ich heute mehr als einen Euro fürs Essen löhnen kann! Einen Euro musst du nämlich mindestens abdrücken. Erst wollte sie auch Essen für lau anbieten, aber was nix kostet, ist nix wert. Da kamen dann die Schnorrer, haben zwei Löffel gegessen und den Rest weggekippt. Nee, das ging nicht. Aber jetzt läuft der Laden, und wie! Mari wird Augen machen, wenn sie uns sieht. Komm. Wir gehen durch den Hintereingang rein.«

Flynn versuchte, sich auszumalen, was das für eine Person war, die ihr ganzes Leben offenbar darauf ausgerichtet hatte, anderen zu helfen. Unwillkürlich stellte er sich eine jüngere Ausgabe von Mutter Teresa vor, eine engagierte Frau, die zudem sanft und liebenswürdig war.

Er folgte Pit in einen Hinterhof, dessen Betonboden voller Löcher und Risse war, durch die sich bereits einiges an Unkraut gekämpft hatte. In einer Ecke des Hofes lag ein verbeulter Fahrradreifen neben einer überquellenden Mülltonne. Das Umfeld eines florierenden Cafés hatte er sich allerdings anders vorgestellt.

Das war nicht die einzige Überraschung. Nachdem Pit seinen Zigarettenstummel ordentlich in einem bereitstehenden Blumentopf ausgedrückt hatte, betraten sie einen schmalen Gang. Von dort aus gelangten sie in eine riesige, weißgekachelte Küche, in der es lecker nach gebratenen Zwiebeln duftete. Auf einer langen Arbeitsplatte aus Edelstahl türmte sich ein ganzer Berg roter Paprika, und weiter hinten glaubte Flynn, einen Backofen mit einer ganzen Batterie von Broten darin zu erkennen.

Dominiert wurde der Raum von der Köchin selbst, die, wie Flynn ein wenig erschrocken feststellte, nicht ganz seiner Vorstellung von einem sanften Wesen entsprach. Sie war breit gebaut und ziemlich groß, bestimmt einen Kopf größer als Flynn. Ihre fleckige

Schürze spannte sich straff über einen ausladenden Busen, während die Kochmütze nur unzulänglich verbarg, dass der braune Ansatz ihres blondgefärbten Haares bereits ein ganzes Stück herausgewachsen war.

Wenn sie überrascht war, Pit und Flynn zu sehen, versteckte Mari es gut – hinter einem ausgewachsenen Wutanfall. Sie stemmte die Hände in ihre Hüften und brüllte Pit an: »Pit, verdammte Scheiße! Warum habe ich dir denn mein altes Handy geschenkt, wenn du dann nicht drangehst, hm?!«

Flynn wich instinktiv einen Schritt vor der Köchin zurück, die ihn an einen Drachen erinnerte, der kurz davor war, Feuer zu spucken. Doch Pit schien wenig beeindruckt und zuckte nur lässig mit den Achseln.

»Wo soll ich es denn aufladen, wenn nicht hier? Mach halt deinen Schuppen am Sonntag auch auf, dann komm ich auch her.«

»Scheiß drauf!«, schimpfte Mari. »Lucas und Sarah haben mich hängenlassen, und wenn du nicht sofort deinen Arsch bewegst und mir hilfst, bleibt der Laden heute auch dicht!«

»Wieso … was is'n mit den beiden?«

»Was weiß denn ich! Corona, Grippewelle, irgend so ein ansteckender Scheiß halt! Also, wenn du auch in Zukunft die Reste für deinen Hund abstauben willst, würde ich vorschlagen, du schwingst die Hufe und siehst zu, dass wir nachher genug Tee und heiße

Schokolade haben und dass die Leute sich irgendwo hinhocken können! Schlimm genug, dass ich niemanden hab', der mir in der Küche hilft. Und pass verdammt nochmal auf, dass der Köter hier nicht reinkommt! Wegen dir schließt mir das Gesundheitsamt die Bude noch!«

»Mann, ich wollte mir eine gute Zeit mit Flynn machen«, maulte Pit, »und nicht hier den Hiwi spielen.«

»Das ist schon okay. Ich helfe auch gerne mit!«, sagte Flynn sofort und zog schon mal Mantel und Handschuhe aus. »Ich kann aber nicht besonders gut kochen.«

Sofort lenkte Mari ihre Aufmerksamkeit auf ihn. Flynn hatte den Eindruck, unter ihrer strengen Musterung zu schrumpfen. »Kannst du den Griff eines Messers von der Klinge unterscheiden?«, fuhr Mari ihn schließlich harsch an.

»Äh, ja«, stotterte Flynn.

»Gut, das reicht an Können!«, bestimmte die Köchin. »Nimm die Mütze ab und setz' eine Haube auf.« Sie deutete auf ein Waschbecken, neben dem an einem Haken einige Haarnetze hingen.

»Der rammt sich das Messer aber nicht mal eben in den Bauch, oder?« Maris nächste Frage war an Pit gerichtet, der eigentlich gerade dabei war, den sonst so gehorsamen, jetzt aber äußerst widerstrebenden Seco am Halsband mit sich mitzuziehen. Ein

Vorhaben, das allerdings ins Stocken geriet. Pit hielt wie erstarrt inne und gaffte Flynn an, der gerade die Mütze von seinen rotblonden Locken gezogen hatte.

»Nee. Flynn ist okay«, erklärte Pit mit seltsam heiserer Stimme.

Verlegen stülpte sich Flynn eine der weißen Einmalhauben auf den Kopf. Was guckte Pit denn so? Wollte er ihn nervös machen? Falls ja, klappte es ganz gut.

»Ich geh dann mal«, krächzte Pit, und schleifte den störrischen Hund mit sich mit. Seco stemmte sich immer noch ein wenig dagegen, seine Krallen kratzten über die Fliesen, doch dann hatte Pit es geschafft und die Tür fiel hinter ihnen zu.

»Wasch dir die Hände. Du kannst ein Paar Einmalhandschuhe anziehen, wenn du magst, stehen neben dem Waschbecken. Hast Glück, mit den Zwiebeln bin ich schon durch, aber wir müssen noch tonnenweise Paprika schnippeln.« Nun, da Pit verschwunden war, klang Mari sehr viel freundlicher, worüber Flynn fast ebenso froh war, wie über die Handschuhe. Er hatte wirklich keine Lust, sich von dieser furchterregenden Frau wegen seiner blauen Flecken ausfragen zu lassen, außerdem würde sie bestimmt Pit davon erzählen, und darauf war er ebenso wenig scharf.

Während Flynn nun eifrig begann, Paprika in kleine Würfel zu schneiden, gab Mari jede Menge Hackfleisch und eine Gewürzmischung zu den gebratenen Zwiebeln. Eine selbstgemachte, geheime Gewürzmischung, wie sie mehrmals betonte. Während sie heftig in einem riesigen Topf rührte, schimpfte sie weiter über ihre Mitarbeiter, die offenbar zu dämlich waren, um sich nicht mit jeder dahergelaufenen Krankheit anzustecken, und über Pit, der natürlich zur Stelle war, wenn es darum ging, seinen beschissenen Krempel, wie Mari es nannte, in ihren Schuppen zu stellen, aber nicht aufkreuzte, wenn er mal gebraucht wurde.

Je länger Flynn ihr zuhörte, umso mehr bekam er allerdings den Eindruck, dass Maris Gezeter mehr Show als sonst was war, und sich dahinter wirklich eine gute Seele verbarg. Jedenfalls sah er genau, dass sie einiges an Hackfleisch für Seco beiseitestellte. Als sie Flynns Blick bemerkte, fauchte sie ungnädig: »Wenn man dem Köter was Gewürztes gibt, kotzt der mir bloß irgendwo hin!«

Flynn grinste in sich hinein und widmete sich wieder der Paprika, während Mari durch eine Schwingtür in den Gastraum linste. Kurz konnte Flynn Pits Lachen hören, dann war Mari wieder da und zog über die Schmarotzer her, die zum Aufwärmen mal wieder ihr Café nutzten, sich an Tee und heißer Schokolade gütlich taten und sicher nicht mehr als den obligatorischen Euro in der Tasche hatten.

»Wir können mehr bezahlen«, sagte Flynn, um sie ein wenig zu beruhigen.

Maris Blick traf ihn und ihre Augen funkelten. »Du hast mitgearbeitet. Das heißt, du hast dir dein Essen verdient. Der Teufel sollte mich holen, wenn ich dir dafür auch noch was abknöpfen würde.«

Flynn war heilfroh, als in diesem Moment ein Backofen zu piepen anfing und die Aufmerksamkeit der Köchin von ihm ablenkte. Er hatte nicht geahnt, wie gut es tat, zur Abwechslung mal nicht den Eindruck zu haben, auf Almosen angewiesen zu sein. Klar, es war eigentlich egal, da er und Arne einander liebten, und irgendwann würde Flynn ihm seine Großzügigkeit schon vergelten können – dennoch fühlte er sich, als würde er bei Maris Worten ein Stück wachsen.

»Ah, gut gemacht!«, sagte die Köchin in dem Moment auch noch und begann, Flynns akkurate Paprikawürfel in einen Topf zu werfen, der so groß war, dass er auch als Schmelztiegel in einem Stahlwerk durchgegangen wäre. »Du bist soeben zum Brotschneider befördert worden. Da hinten ist ein Brotmesser. Mach schön dicke Scheiben, ja? Scheint so, als hätte Pit endlich mal einen patenten jungen Mann angeschleppt!«

Flynn wurde vor Freude mal wieder rot, obwohl es natürlich streng genommen nicht sein Verdienst war, dass er sich in der Küche nützlich machen konnte. Zwar beschränkten sich die Kochkünste seiner leiblichen Mutter darauf, einen Joghurt aus dem

Kühlschrank zu nehmen oder eine Fertigpizza in den Ofen zu schieben, aber in einer Pflegefamilie hatte eine Pflegemutter ihn regelmäßig beim Kochen helfen lassen, und in der betreuten WG, in der er vor seiner Beziehung mit Arne gelebt hatte, hatten sie abwechselnd gekocht, es war also kein Wunder, dass er sich nicht als komplett nutzlos erwies.

Mit Eifer machte er sich daran, das noch warme Brot zu schneiden, das Mari gerade aus dem Ofen geholt hatte. Schon allein beim Anblick der sündig weißen Scheiben lief ihm das Wasser im Mund zusammen, ganz zu schweigen vom herrlichen Geruch, den das frische Brot verströmte.

»Probier' ruhig, damit ich weiß, ob es auch gut geworden ist«, sagte Mari und zwinkerte ihm durch den Dampf, der von ihrem Kessel aufstieg, zu. Das ließ Flynn sich natürlich nicht zweimal sagen und nahm sich eine Scheibe Brot. Nach dem ersten Bissen wähnte er sich direkt im siebten Himmel.

Leider waren die Aufgaben, die Mari ihm danach zuwies, nicht ganz so erfreulich. Während Pit, von Mari ständig mit Nachschub versorgt, vorne die Essensausgabe übernahm, wurde Flynn dazu abgestellt, sauberes Geschirr hin, und schmutziges Geschirr zurück zu tragen, wobei Letzteres direkt in eine riesige Spülmaschine verfrachtet werden musste.

»Vom Pianisten zum Tellerwäscher!«, kommentierte Pit, und sein Lachen übertönte sogar das laute

Geplapper der Essensgäste. Ganz nebenbei schob er Flynn einige Löffel Chili in den Mund. »Damit du mir nicht umkippst!«

Puh! So dicht vor Pit zu stehen und von ihm gefüttert zu werden, bescherte Flynn ganz schön weiche Knie. Zum Glück lenkte Seco ihn ein wenig ab, denn auch der Hund machte sich nützlich. Der schwarze Labrador setzte sich zu einer Gruppe älterer Damen, die alle ihre Hüte aufgelassen hatten und mit zitternden Händen ihr Chili löffelten. Seco legte seinen großen Kopf vertrauensvoll in den Schoß einer Frau mit einem hellblauen Strickkleid und schloss genießerisch die Augen, als sie ihm über den Kopf strich. Flynn war sich sicher, dass die Nähe zu diesem freundlichen Lebewesen den Senioren ebenso viel bedeutete, wie die warme Mahlzeit, die sie hier bekamen.

Doch da rief Mari auch schon wieder nach ihm. Flynn hastete weiter, obwohl ihn seine schmerzenden Füße daran erinnerten, dass seine dunkelbraunen Oxfords nicht gerade dazu geeignet waren, als Aushilfskellner zu fungieren. Dennoch fühlte er sich großartig.

Als der Andrang langsam ein wenig nachließ, nahm er sich selbst noch eine kleine Schüssel Chili, und dann entschied Mari, dass Pit und er genug getan hatten, sich hinsetzen und eine heiße Schokolade trinken sollten.

Da sagte Flynn freilich nicht nein. Mari brachte ihnen beiden einen Becher, und seine Augen wurden größer. Denn auf beiden Tassen türmte sich ein Berg Schlagsahne, wahrscheinlich direkt aus einer Sprühdose, verboten süß und ungesund und sicher wahnsinnig lecker.

»Danke!«, sagte Flynn und schloss beide Hände um den Becher, als fürchte er, irgendjemand könnte vorbeikommen und ihm diese unvernünftige Herrlichkeit abspenstig machen.

Erst dann fiel ihm auf, dass seine Hände unbedeckt waren, die Einmalhandschuhe hatte er ausgezogen, und seine Winterhandschuhe nicht wieder an. Hatte Pit was gemerkt? Schnell verbarg er seine Hände unter dem Tisch, versteckte seine Finger zusätzlich noch zwischen seinen Beinen.

»Flynn … ich habe deine Hände schon gesehen«, sagte Pit unerwartet sanft. »Schon im Hofgarten. Vor mir brauchst du dich nicht zu verstecken, oder sehe ich vielleicht aus wie jemand, der andere für ihre Art zu leben verurteilen sollte, hm?«

Flynn konnte Pit nicht länger in die Augen sehen. Seine Wangen glühten mal wieder, und die Hände, die er immer noch eisern zwischen seinen Oberschenkeln eingeklemmt hatte, wurden ein wenig feucht.

»Na komm, trink deine Schoki. Flynn, ich weiß, dass mich das 'nen Scheiß angeht, wenn du und dein

Lover auf BDSM steht, dann ist das eure Sache und völlig okay. Aber du hast gesagt, du willst professioneller Klavierspieler werden – wär's dann nicht besser, ihr lasst die Hände außen vor?«

Flynn schluckte. Pit bot ihm hier die perfekte Ausrede, das war ihm schon klar. Er könnte sagen, Arne und er hätten an dieser ... *Maßnahme* ... beide Spaß gehabt. Er würde Pit nach diesem Tag nie wieder sehen, richtig? Es war egal, was der von ihm dachte. Und dennoch war ihm der Gedanke unerträglich, dass Pit einen falschen Eindruck von ihm haben könnte.

»Nein, so ist das nicht«, murmelte er verlegen und rieb seine feuchten Handflächen an seiner Hose trocken. »Es war nur ... ich habe einen dummen Fehler gemacht ... Arne will nur, dass ich lerne, mich adäquat zu benehmen ...« Immer dünner wurde Flynns Stimme. Bisher war das immer eine Sache zwischen Arne und ihm gewesen. Niemand anderes hatte je ein Wort darüber verloren, und so hatte Flynn sich weiter einreden können, dass alles nicht so schlimm und es außerdem ganz bestimmt das letzte Mal gewesen war. Dass er sich von nun an so verhalten würde, wie Arne es erwartete, und alles gut werden würde. Doch jetzt, da er es laut ausgesprochen hatte, gingen gleich mehrere Warnlampen in Flynns Kopf an. Nein, es war nicht in Ordnung.

Nein, es würde nicht von allein aufhören, bevor Flynn das nicht in aller Deutlichkeit forderte.

»Merkste selber, hm?«, sagte Pit.

»Woher wusstest du … hast du auch … dein Vater …?«, stammelte Flynn. Es war ein mehr als lahmer Versuch, von sich abzulenken, aber das alles überforderte ihn gerade total.

Zu seiner großen Überraschung ging Pit auf den Themenwechsel ein.

»Nee, Mann. Mein Alter ist eher so von der manipulativen Sorte. Mit vierzehn ham se mich das erste Mal erwischt, beim Sprayen mit ein paar Kumpels. Tja, da würdest du doch erwarten, dass deine Eltern mit den Achseln zucken und sagen, geschieht dir schon recht, wenn du dazu verdonnert wirst, bei grad mal fünf Grad und Nieselregen deine Bilder von dem dämlichen S-Bahn-Wagon zu schrubben. Nicht so mein Alter! Der hat mich rausgehauen, weil«, Pits Ausdruck wechselte wieder zu jenem gestochenen Hochdeutsch, »die körperliche Konstitution meines Sohnes es nicht zulässt, dass er sich einer seinem Alter und der Straftat unangemessenen Wiedergutmachungsmaßnahme unterzieht.« Pit zog die Nase hoch. »Pah! Arschlecken. Seh' ich aus wie ein Weichei? Die anderen ham mich ausgelacht ohne Ende, weil ich nur ein paar Sozialstunden im Tierheim ableisten musste. Tja, und wenn du jetzt denkst, meine Erzeuger hätten mir dafür zu Hause die Hölle heiß gemacht, nix da! Die haben mich nur traurig angesehen und rumgejammert, was sie denn falsch gemacht hätten, und wieso ich so unglücklich sei, dass ich keine andere Wahl sähe, als das Eigentum anderer zu zerstören! Voll der Psycho-Scheiß halt.«

»Gewirkt hat es aber nicht«, mutmaßte Flynn und wagte es endlich, die Hände wieder um den Becher zu legen und einen Schluck von der heißen Schokolade zu nehmen. Die Sahne kitzelte dabei an seiner Nase. So gut!

»Nee.« Pit lachte. »Ich würde das Sprayen niemals aufgeben. Manchmal frag' ich mich, was die im Tierheim jetzt machen. Seit ich volljährig bin, verbiete ich den Bullen, meinen Alten zu holen. Denen fehlt jetzt 'nen Vollzeitmitarbeiter.«

Flynns Blick wanderte automatisch zu Seco, der sich zufrieden neben Pit auf dem Boden zusammengerollt hatte. »Dafür müssen sie sich nicht mehr um Seco kümmern, nehme ich an.«

Pits Lachen verstummte, und er sah Flynn mit einem ganz komischen Ausdruck in den Augen an. Dann pikste er mit einem Finger an Flynns Brust. »Du bist schlauer, als du aussiehst.«

Flynn wusste nicht recht, was er von diesem komischen Kompliment halten sollte. Und von den Blicken, mit denen Pit ihn immer wieder ansah, erst recht nicht. Rasch nahm er noch einen großen Schluck von seiner heißen Schokolade und versuchte, das blitzende Piercing in Pits Zunge zu ignorieren, als dieser sich genüsslich ein wenig Sahne von seiner Oberlippe leckte.

»Ich bin froh, dass du nicht allein auf der Straße lebst«, sagte Flynn stattdessen heiser.

Pit winkte ab. »Hab' ich dir doch gesagt, dass es nur vorübergehend ist. Ich bin keiner von den Losern, die aufgegeben haben, die nur noch von einer Flasche Bier bis zur nächsten denken und deswegen unter 'ner Brücke pennen! Ich bin einfach kein Typ für eine spießige Mietwohnung, inklusive Hausordnung und nerviger Nachbarn, die dich auf Schritt und Tritt verfolgen, damit du auch ja deinen Müll nicht in die falsche Tonne wirfst! Nee, danke!« Selbstbewusst richtete Pit sich auf. »Ich bin nun mal ein Künstler, ein Freigeist und kein Biedermann!«

Flynn musste zugeben, dass er Pit für seine Haltung ein bisschen bewunderte – aber dummerweise machte er sich auch immer mehr Sorgen um Pit und Seco, je besser er die beiden kennenlernte. »Aber …«, begann er hilflos. Er wollte nicht, dass Pit ihn für uncool hielt – aber wäre ein Ort, an dem es warm und sicher war, es nicht wert, den Müll richtig zu trennen? Nachbarn konnte man doch ignorieren!

Obwohl Flynn die richtigen Worte nicht fand, schien Pit ihn auch so zu verstehen. »Hey«, sagte er sanft. »Deswegen brauchst du dein Gesicht jetzt nicht mit so vielen Sorgenfalten zu verschandeln! Ab dem ersten Januar haben Seco und ich ein Zimmer im Kaleidoskop, dann geht's auch wieder aufwärts mit uns.«

»Im Kaleidoskop? Was ist das?«, fragte Flynn.

»Das is' so ein Projekt für junge Leute in Pasing, in einer ehemaligen Textilfabrik. So 'ne Mischung aus Jugendzentrum, Café und Künstlerkolonie – du kannst da einfach nur abhängen, wenn du nicht weißt wohin, aber es gibt auch einen Übungsraum für Bands, Aktionen für Sprayer und einmal in der Woche sogar einen Poetry-Slam. Im ehemaligen Verwaltungsgebäude der Fabrik vermieten sie auch Zimmer. Ich hätte schon letztes Jahr eines haben können, ich hab' nämlich mitgeholfen, die olle Bude ein bisschen zu verschönern. Die Fassade ziert jetzt ein ziemlich geiles Graffiti von mir.« Pit zwinkerte ihm zu. »Aber ich hatte keinen Bock, da zu wohnen.«

»Warum nicht?«, wollte Flynn wissen.

»Na, erstmal: Es ist in Pasing!«, sagte Pit theatralisch, als genüge allein der Standort, um das Projekt zu missbilligen.

»Lass mich raten: Pasing ist dem Herrn Künstler zu spießig?«, fragte Flynn spöttisch, und mal wieder lachte Pit so laut, dass sich die letzten verbleibenden Gäste in Maris Café neugierig zu ihnen umdrehten.

»Langsam checkst du es, hm? Das ist das eine. Und dann hängen da natürlich auch ständig irgendwelche Sozialklempner rum, wehe, die erwischen dich mit 'ner Tüte, da ist der Teufel los. Als wär' ich ein Junkie! Aber für einen kreativen Kopf wie meinen gelten eben andere Regeln!«

Na ja. Flynn fand es eigentlich ganz gut, dass da keine Drogen erlaubt waren. »Was hat deine Meinung geändert?«

»Ich hab' mit ein paar Kumpels in 'ner Bude in der Au gewohnt, gar nicht weit von hier. Ein schnuckeliger Altbau, ziemlich runtergekommen, aber hey, kein Grund, das Haus abzureißen und so 'nen gesichtslosen Neubau für Superreiche da hinzustellen! Es gab eine Bürgerinitiative gegen den Abriss, die haben sich im Erdgeschoss eingerichtet, und wir ham oben gewohnt. Eine ganz altmodische Hausbesetzung, wie in den 70er Jahren!«

»Hört sich nicht so an, als sei es gut ausgegangen?«

»Korrekt. Die Arschlöcher ham die Hütte echt noch vor Weihnachten räumen lassen und sind dann auch direkt mit der Abrissbirne angerückt. Gut, dass ich mein Zeug schon vorher bei Mari untergestellt hab', sonst hätten Seco und ich jetzt nix mehr. Aber im Kaleidoskop wird am ersten Januar ein Zimmer frei, denn gehen wir erstmal da hin. Im Sommer sieht man dann weiter.«

»Das bedeutet, dass ihr Weihnachten im Kälteschutzbunker sein werdet«, sagte Flynn traurig.

Wieder sah Pit ihn so komisch an, aber dann riss er sich offenbar zusammen. »Pah, was soll's. Eines

Tages werden sich die Leute darum reißen, dass ich für sie arbeite, und dann feiere ich Weihnachten in der König-Ludwig-Suite im Marie Therese!« Pit unterstrich diesen Plan mit einem fröhlichen Lachen, doch Flynn fiel es schwer, da einzustimmen. Nach allem, was er wusste, wäre es den meisten Hausbesitzern lieber, wenn ihre Gebäude nicht durch Graffitis *verschönert* würden. Klar, bei einem Projekt wie dem Kaleidoskop in Pasing sah das anders aus. Aber wer sonst bezahlte denn für sowas?

»Du glaubst mir nicht, hm?«, sagte Pit, klang aber zum Glück gutmütig und nicht sauer. »Dabei hatte ich schon einen richtigen Auftrag! Willst du es sehen? Ist ganz in der Nähe.«

»O ja«, entgegnete Flynn begeistert, nicht nur, weil er wirklich neugierig auf das war, was Pit machte, sondern auch, weil das bedeutete, dass das Ende ihrer gemeinsamen Zeit noch ein wenig auf sich warten lassen würde.

Einträchtig tranken sie ihre heiße Schokolade aus und machten sich dann auf die Suche nach Mari, um sich zu verabschieden.

»Geh an dein Handy, wenn ich anruf'«, knurrte die Frau Pit an, Flynn jedoch bedachte sie mit einem winzigen Heben der Mundwinkel, was tatsächlich auf so etwas wie ein Lächeln hindeutete. »Bist gut zu gebrauchen. Lass dich mal wieder blicken.«

Flynn nickte, obwohl es eher unwahrscheinlich war, dass es in absehbarer Zeit dazu kommen würde. Doch daran wollte er jetzt nicht denken!

Flynn ließ sich von Pit und Seco durch die verwinkelten Straßen der Au führen. Wobei er sich allerdings schon ein bisschen darüber wunderte, dass Pit gar nicht mehr so viel lachte wie auf dem Weg zu Maris Café, sondern ungewöhnlich schweigsam war.

»Erwarte aber nicht zu viel, ja«, sagte sein Begleiter, als sie an einer roten Fußgängerampel anhielten, und klang zum ersten Mal ein wenig unsicher. »Es ist eine Kindertagesstätte, und die wollten natürlich was Passendes für die Kids auf ihrem Haus haben.«

Das überraschte Flynn zwar nun schon ein wenig, er hätte eher mit einem Rockerclub oder so etwas gerechnet, aber an sich war das doch egal, oder? Ehe er jedoch eine passende Antwort darauf fand, standen sie auch schon vor einem dreistöckigen, breiten Gebäude, dessen ganze Fassade in bunten Farben erstrahlte.

Flynn wusste gar nicht, wo er zuerst hinsehen sollte. Von Mickey Mouse bis SpongeBob schien so ziemlich jede bekannte Comicfigur dort verewigt zu sein, sie tobten gemeinsam mit einer Schar Kinder über einen riesigen Abenteuerspielplatz und hatten dabei offensichtlich so viel Freude, dass auch Flynn sofort lächeln musste.

Sein Blick schweifte hin und her, und erst nach einiger Zeit merkte er, dass Pit neben ihm unruhig von einem Fuß auf den anderen trat. Er zweifelte doch nicht etwa daran, dass sein Werk großartig geworden war?

»Es ist … es ist … Mensch, mir fehlen echt die Worte«, sagte Flynn. »Das ist der Hammer!«

Pit strahlte. »Sie haben mir tausend Euro dafür bezahlt – plus Materialkosten!«, sagte er stolz.

Flynn beschloss, ausnahmsweise auf spießige Kommentare zu verzichten. Um die Notwendigkeit, ein solches Einkommen zu versteuern, wusste Pit sicher Bescheid, und was er mit dem ganzen Geld gemacht hatte, ging Flynn auch nichts an. Außerdem fesselte etwas ganz anderes seine Aufmerksamkeit: »Da ist ja Seco!«, rief er begeistert, als er, halb versteckt hinter einem Klettergerüst, einen schwarzen Labrador entdeckte. »Warum hat er einen Verband um den Kopf?«

»Du bist wirklich verdammt aufmerksam, hm? Die meisten Menschen bemerken den Hund gar nicht.«

»Ja. Aber … was hat er?«, fragte Flynn alarmiert.

Pit musterte interessiert seine Fußspitzen. »Seco hatte ein Geschwür unter dem linken Auge. Musste wegoperiert werden, sonst wär's immer größer geworden und er wär' irgendwann dran verreckt.

Aber wer nimmt denn einen älteren Hund aus'm Tierheim und blecht dann als allererstes für 'ne OP, wo man nicht mal weiß, ob der Hund am Ende nicht doch abkratzt? Aber mir war's das halt wert, also hab' ich die Behandlung von dem Geld bezahlt, das ich hier verdient hab'. Und schau dir Seco jetzt an. Pumperlgesund is' der.«

Wie zur Bestätigung dieser Tatsache stupste Seco Flynn an und wedelte mit seiner Rute.

»Deswegen hast du ihn Secondo genannt – weil du ihm ein zweites Leben geschenkt hast«, sagte Flynn aufgeregt.

Pit grinste ein bisschen verschämt. »Mann, der hieß vorher Buddy. Jeder Vorstadt-Labrador heißt Buddy, aber Seco ist was Besonderes, der braucht einen besonderen Namen.«

»Wie du. Du bist auch was Besonderes«, sagte Flynn spontan und merkte, wie er prompt wieder rot wurde, während Pit erneut seine Schuhe musterte.

Na toll. Jetzt waren sie beide verlegen. Flynn vergrub seine Hände in den Manteltaschen und knetete die Handschuhe darin, die er nach dem Besuch von Maris Café nicht wieder angezogen hatte, und Pit scharrte unruhig mit den Füßen. Ein wenig unschlüssig sah Seco von einem zum anderen, offenbar unsicher, was er von der komischen Stimmung halten sollte, die plötzlich zwischen den beiden Menschen herrschte.

Pit fasste sich als Erster.

»Hey, ich habe eine Idee! Nach der ganzen Plackerei bei Mari haben wir uns doch wirklich eine Belohnung verdient. Wir könnten braver Bürger spielen und das tun, was alle anderen biederen Münchner auch machen.«

»Und das wäre?«

»Wir trinken einen Glühwein auf dem Weihnachtsmarkt. Und zwar nicht auf irgendeinem, sondern auf der größten Ansammlung von überteuertem Kitsch, den die Stadt derzeit zu bieten hat: auf dem Marienplatz. Was sagst du?«

Flynn fragte nicht, ob Pit das vorschlug, weil er es für einen Riesenspaß hielt, oder weil er glaubte, dass es Flynn dort besser gefallen würde als auf einem der alternativen Weihnachtsmärkte, von denen es natürlich auch etliche in München gab. Aber es war ihm egal, weil er auch einer Besichtigung der Müllverbrennung im Heizkraftwerk München-Nord zugestimmt hätte, wenn das bedeutete, dass er noch ein bisschen Zeit mit Pit und Seco verbringen konnte. Flynn nickte.

»Wenn wir zu Fuß gehen, haben wir sicher auch wieder Hunger, bis wir da sind, und können uns auch noch eine richtig schöne, fetttriefende Bratwurst reinziehen.«

Flynn stöhnte. Nicht entsetzt, obwohl er am Ende des Weges ganz sicher Blasen an den Füßen haben würde. Aber die Aussicht auf eine Bratwurst ließ keine andere Reaktion als ein lustvolles Stöhnen zu.

Wieder schien sich das unglaubliche Blau von Pits Augen zu verdunkeln. Als Antwort darauf schlug Flynns Herz ein wenig schneller. Dieser Blick – Flynn konnte einfach nicht glauben, dass er das bedeutete, was er annahm.

»Gehen wir«, sagte er hastig.

Auf dem Weg zurück in die Innenstadt fand Pit wieder zu seiner Gesprächigkeit zurück, und auch sein ansteckendes Lachen war wieder da, als er Flynn erzählte, was alles passiert war, als er begonnen hatte, an der Fassade der Kita zu arbeiten.

»Ein Gerüst aufzustellen war zu teuer, deswegen musste ich mit Leitern arbeiten. Also, komm' ich da hin, stell meine Leiter auf, kraxel hoch und fang' an zu sprayen. Und was passiert als Erstes? Irgendein kleinkarierter Nachbar ruft die Bullen! Okay, es war jetzt nicht das SEK, aber wenn du auf einer zehn Meter hohen Leiter stehst, und unten brüllt wer: ›Kommen Sie sofort da runter! So, dass ich Ihre Hände sehen kann!‹, da rutscht dir erstmal das Herz in die Hose, das kann ich dir sagen!«

Flynn stimmte in Pits Lachen mit ein, und nach der kuriosen Begegnung mit der Polizei, die natürlich nicht gleich glauben wollte, dass Pit nichts Illegales tat, ging es direkt weiter mit Eltern, die ihre Kinder auf der Fassade verewigt sehen wollten und einem Erzieher, der Pit mit allerlei unpassenden Ratschlägen von der Arbeit abhielt.

»Vielleicht war der auch einfach nur scharf auf mich, wer weiß? Aber auf einen Kerl, der mir erklärt, dass ich beim Sprayen auf meine Haltung achten soll, weil ich sonst einen Bandscheibenvorfall riskiere, kann ich verzichten. Wie küsst denn der? Mit Kondom über der Zunge?«

Pit lachte schon wieder, aber Flynn wollte im Zusammenhang mit seinem Begleiter lieber an gar nichts denken, was mit einer Zunge oder Kondomen zu tun hatte. »Vielleicht hatte er Angst, dass du runterfällst«, wandte er vorsichtig ein, und auch sein Herz schlug bei dem Gedanken daran schneller, dass Pit auf einer einfachen Leiter herumgeklettert war – diese Fassade war verdammt hoch!

»Ich trag' schon so 'nen Arbeitsgurt bei der Höhe, eh klar«, beruhigte Pit ihn. »Aber ich kann nicht steif wie ein Brett da rumstehen und ein bisschen pinseln! Graffitis entstehen unter Einsatz des ganzen Körpers, das ist keine Miniaturmalerei.«

Flynn biss sich auf die Zunge, um nicht aus Versehen zu sagen, dass er das gerne einmal sehen würde, denn das war schließlich völlig unmöglich, oder? Aber zum Glück entdeckte Pit in dem Moment etwas Neues, das seine Aufmerksamkeit weckte. Sie waren inzwischen am Isartor angekommen, und eine Gruppe von Straßenmusikanten hatte sich unter dessen Bogen eingefunden. Passend zur Jahreszeit trugen sie Nikolausmützen und dicke Mäntel, doch sie schmetterten keine Weihnachtslieder, sondern gaben den Song »Pocahontas« zum Besten. Ziemlich gut, das musste Flynn neidlos anerkennen.

Pit schien ebenfalls begeistert zu sein, und seine spontane Tanzeinlage im Rhythmus der Musik ließ Flynn erahnen, wie leidenschaftlich er beim Sprayen aussehen musste. Seco hingegen schien wenig von der Darbietung zu halten, hoheitsvoll setzte er sich neben Flynn und betrachtete die Musiker mit einem abschätzigen Blick. Lächelnd kraulte Flynn den Hund hinter den Ohren. Ihm fiel es auch schwer, aus sich herauszugehen – es sei denn, er saß an einem Klavier.

Flynn ertappte sich bei der Vorstellung, wie schön es wäre, wenn Pit ihn einmal spielen hören würde. Ob es ihm überhaupt gefiele? Oder wäre ihm klassische Musik zu langweilig? Flynn überlegte, welches Stück er wählen würde, bekäme er die Chance, es Pit vorzuspielen. Er hatte mit Herrn Thalberg lange an »Die Moldau« von Smetana gearbeitet. Es war ein langes Stück und wegen der vielen Abschnitte mit unterschiedlichen Stimmungen und Tempi eine große Herausforderung. Flynn selbst war immer noch nicht ganz zufrieden mit seiner Interpretation, aber andererseits enthielt das Stück viele eingängige Melodien und könnte deshalb auch jemandem gefallen, der sonst nichts mit klassischer Musik am Hut hatte. Und – vielleicht würde auch ein Laie wie Pit erkennen, dass die Technik nicht ganz einfach war? Allein bei dem Gedanken, dass Pit ihn ebenso bewundernd ansehen könnte, wie er gerade die Straßenmusiker betrachtete, wurde Flynn ganz warm ums Herz.

Entschlossen rief er sich zur Ordnung. Das würde niemals passieren! Hätte er das Engagement in Dantes Wellnessoase nicht abgesagt, hätte er Pit fragen können, ob er wenigstens so lange mal reinschauen wollte, wie Seco draußen warten konnte. Aber der Zug war längst abgefahren. Und selbst wenn Flynn eines Tages ein ähnliches Engagement ergattern würde, wie sollte Pit jemals davon erfahren? Flynn versuchte, den Gedanken zu unterdrücken, dass Pit wahrscheinlich häufiger im Hofgarten anzutreffen war, und er einfach dort vorbeischauen und mit ihm quatschen könnte.

Doch wie das so oft mit unerwünschten Gedanken war – gerade diese erwiesen sich als besonders hartnäckig. Flynn erinnerte sich daran, dass Arne schon zu Beginn wenig begeistert von Flynns Auftritt gewesen war. Als er seinem Lebensgefährten euphorisch davon erzählt und ihn selbstverständlich eingeladen hatte, ihn zu begleiten, hatte Arne nur gemeint, dass er seine Zeit nicht damit verschwenden würde, einen derartig »unbedeutenden Laden« aufzusuchen. Wenn er also in einer ähnlichen Location auftrat, würde Arne gewiss wieder nicht mitkommen wollen, er würde also nie davon erfahren, wenn er Pit einlud …

Flynn schüttelte heftig den Kopf, als könne er den Gedankengang so unterbrechen. Das ging doch nicht! Hatte er wirklich gerade daran gedacht, Arne zu hintergehen?! Das würde er nicht tun. Niemals!

In diesem Moment hatten die Straßenmusiker ihre Darbietung beendet, die Umstehenden applaudierten, und Pit fummelte einen Euro aus seiner Tasche, sah Flynn an, wobei ein neckisches Lächeln um seinen Mund spielte, und meinte: »Dank deiner großzügigen Einladung brauche ich meine Tageseinnahmen ja nicht!« Wieder einmal lachte er laut und fröhlich, ehe er das Geld in den aufgeklappten Gitarrenkasten der Musiker warf, und Flynn schluckte heftig. Wie konnte man so einen großherzigen, lebenslustigen Menschen nicht … äh … hm … mögen? Genau, das war das Wort, das Flynn gesucht hatte. *Mögen.* Er mochte Pit! Wahrscheinlich lag es daran, dass er in seinem Leben bisher keine wirklich engen Freundschaften geschlossen hatte – er hatte zu oft seinen Aufenthaltsort gewechselt, als dass es dazu gekommen wäre –, sodass er jetzt einfach nicht wusste, wie es sich anfühlte, sich einen anderen

Menschen zum Freund zu wünschen. Flynn straffte innerlich die Schultern. Genau so musste es sein!

»Auf geht's«, sagte Pit, der Flynns seltsame Stimmung nicht zu bemerken schien. »Zeit für einen Glühwein!«

Zwischen Isartor und Marienplatz war natürlich einiges los. Während die einen gemütlich durch die Straßen schlenderten, hetzten andere mit verbissenem Gesichtsausdruck voran. Aber egal wie, fast jeder Mensch, der an diesem Nachmittag unterwegs war, trug etliche Tüten mit Weihnachtseinkäufen bei sich. Sowohl Seco als auch Flynn hielten sich dicht hinter Pit, dem der Trubel offenbar nichts ausmachte. Flynn war sogar froh, dass sie sich so nicht unterhalten konnten. Das gab ihm genug Zeit, sein neues Mantra immer wieder vor sich hin zu sagen: »Ich wünschte, Pit und ich könnten Freunde sein. Der komische Schmerz in meiner Brust kommt nur daher, dass ich traurig bin, weil wir in verschiedenen Welten leben und nie etwas daraus werden wird!«

Als sie schließlich den Marienplatz erreichten, war dort das Gedränge noch größer, und dennoch gefiel Flynn die Atmosphäre. Es roch nach Glühwein, Bratwurst und gebrannten Mandeln. Das Stimmengewirr verschiedenster Sprachen übertönte das scheppernde »Stille Nacht« nicht ganz, das aus einem Lautsprecher kam. Über all dem leuchteten die fast 3000 Kerzen, die an dem riesigen Christbaum vor dem Rathaus steckten.

Pit drehte sich halb zu ihm um. »Wir gehen in den Innenhof des Rathauses!«, rief er, »da ist's nicht ganz so voll! Und der Glühwein da soll dieses Jahr saulecker sein!«

Flynn nickte nur. Ihm war alles recht, solange sie nur eine Weile anhielten. Zwar schien er um die Blasen an den Füßen herumzukommen, aber inzwischen plagten ihn seine Schuhe so sehr, dass er um jeden Schritt froh war, den er nicht machen musste. Er folgte Pit durch das breite Portal des Neuen Rathauses, und tatsächlich ließ der Trubel im Hof dahinter ein wenig nach. Pit schien genau zu wissen, was er wollte, und steuerte eine der mit Tannenzweigen und LEDs geschmückten Holzhütten an. »Weiß oder Rot?«, fragte er Flynn.

Zwar hatte Flynn noch nie einen weißen Glühwein probiert, aber auch Weißwein trank er nicht besonders gerne, weswegen er beschloss, lieber kein Risiko einzugehen. »Rot«, sagte er also fest und fummelte einen Geldschein aus seiner Tasche.

»Gute Entscheidung!«, lobte ihn der Verkäufer des Glühweinstandes, der sich mit seinem Trachtenhut und dem überdimensionalen Schnurrbart perfekt in das Ambiente des Weihnachtsmarktes einfügte. »Wir setzen unseren Glühwein übrigens selbst an, das ist kein lasches Industriegebräu! Die Gewürzmischung hat meine Urgroßmutter erfunden. Und die Trauben für den Wein reifen in …«

»Das ist ja wahnsinnig interessant!«, unterbrach Pit den Standbetreiber, »ich würde auch gerne ein bisschen quatschen. Aber das ist unser erstes Date, und das will ich nicht mit einem kalten Glühwein versauen, sonst geht Flynn nie wieder mit mir aus.« Damit schnappte er sich die beiden Tassen und wandte sich ab.

Obwohl er ja noch keinen einzigen Schluck genommen hatte, spürte Flynn bereits, wie seine Wangen mal wieder brannten. Natürlich hatte Pit das nur im Scherz gesagt, um den Verkäufer davon abzuhalten, sie stundenlang zuzutexten. Und doch … bei dem Gedanken, dass dies hier ein Date sein *könnte*, wurde ihm direkt ein wenig schwindelig. Mit weichen Knien folgte er Pit an die Seite des Innenhofs, wo nur wenige Leute standen und die Gefahr geringer war, dass jemand über Seco stolperte.

»Sorry«, holte Pit ihn jedoch sofort auf den Boden der Tatsachen zurück, als sie stehenblieben, »aber ich hatte jetzt echt keinen Bock auf einen Vortrag über Weinbau!«

Flynn umschloss mit seinen Händen die Tasse, die Pit ihm reichte, schnupperte an dem heißen Getränk und hoffte, dass Pit nicht bemerkte, was in ihm vorging. Dass er sich *wünschte*, dies hier sei ein Date.

Um seine Verlegenheit zu überspielen, wollte er einen großen Schluck Glühwein nehmen, doch Pit unterbrach ihn. »Stopp!«, sagte er scharf. Flynn zuckte erschrocken zusammen. »Sorry!«, wiederholte Pit. »Der ist sauheiß! Du musst einen Moment warten. Oder pusten.«

Und dann machte sein Begleiter es auch noch vor, spitzte die Lippen und blies auf sein heißes Getränk. Flynn konnte seinen Blick nicht von Pits Mund abwenden. Er wagte es nicht, es ihm gleichzutun, denn innerlich zitterte er so sehr, dass er wahrscheinlich wie ein sterbender Luftballon klingen würde, wenn er versuchte, ebenfalls zu pusten. Stattdessen klammerte er sich wie ein Ertrinkender an seiner Tasse fest.

»Siehst du, jetzt geht's«, sagte Pit nun auch noch, nicht laut und überschäumend wie sonst, sondern mit einer leisen, dunklen Stimme, als verrate er ein Geheimnis, das er einzig und allein mit Flynn teilen wollte. Flynns Blick heftete sich auf Pits Mund, als dieser die Tasse ansetzte und einen großen Schluck Glühwein nahm. Ein winziger Tropfen des heißen Getränks ging daneben, als Pit die Tasse wieder sinken ließ, perlte über seine Lippe und blieb an dem silbernen Piercing hängen.

Die Spitze von Pits Zunge erschien und hielt den flüchtenden Tropfen auf. Flynn gab ein leises Wimmern von sich, als er den Blick hob und in Pits unglaubliche, blaue Augen schaute. Hinter denen nun ein unergründliches Feuer zu lodern schien. In diesem Moment vergaß Flynn alles um sich herum, er vergaß, wo er herkam und wo er hinwollte. Es war, als gäbe es nur noch ihn und Pit auf dieser Welt, alles andere wurde bedeutungslos.

Neigte Pit sich zu ihm? Oder er sich zu Pit? Egal, sie waren sich so nahe, so wunderbar nahe, und es fehlte nur noch ein winziges Stück, und ihre Lippen würden sich vereinigen. Flynn wimmerte erneut, hoffte, dass es geschah, bevor ihn sein Magen, der wilde Saltos schlug, oder sein Herz, das jeden Moment in seiner Brust explodieren konnte, ins Jenseits befördern würden.

Wieder stieg ihm der Geruch nach Kräutershampoo in die Nase, diesmal vermengt mit einer Spur Zimt, Nelken und Sternanis. Flynn schloss seine Augen halb, während sich seine Lippen wie von selbst einen winzigen Spalt weit öffneten …

»Geh nicht!«, stieß Pit plötzlich heftig aus.

Flynn zuckte zurück.

»Geh nicht zurück«, fuhr Pit eindringlich fort. Sein Gesicht näherte sich Flynns wieder an, doch nicht, um ihn zu küssen, stattdessen redete er eindringlich auf ihn ein: »Du kannst bei mir und bei Seco bleiben. Klar, Weihnachten wird vielleicht beschissen, aber sobald ich das Zimmer im Kaleidoskop habe, kannst du bei mir pennen!«

Flynn wurde es noch schwindeliger, er hatte keine Ahnung, ob das an Pits Worten lag oder daran, dass sie sich immer noch so nahe waren.

»Ich will damit nicht andeuten ... Flynn, ich will nix dafür, echt. Du brauchst keine Angst vor mir zu haben. Du kannst auch auf einer Matratze pennen, wenn es dir zu eng ist, du und ich in einem Bett – obwohl ich dich warnen muss, dann wachst du mit Secos stinkendem Atem im Gesicht auf! Aber sobald du wieder auf eigenen Beinen stehst, finden wir was Eigenes für dich! Vielleicht wird auch bald ein anderes Zimmer frei, oder ich helf' dir, wenn du lieber woanders hin willst ...«

»Aber ...«, begann Flynn, der langsam realisierte, dass es nichts werden würde mit dem Kuss. Und mit dieser Erkenntnis kam auch die Erinnerung zurück, warum das auch besser so war. »Ich kann doch nicht einfach abhauen.« Doch das ließ Pit nicht gelten.

»Seco und ich, wir helfen dir auch, dein Zeug von deinem Sugardaddy abzuholen. Seco kann richtig böse schau'n, wenn es darum geht, Leute zu beschützen, die er mag! Das kriegen wir hin!«

»Aber du kennst mich doch gar nicht!«

Pits flammender Blick wurde sanfter. »Nein. Aber alles, was ich von dir gesehen habe, sagt mir, dass ich dich unbedingt kennenlernen möchte. Geh nicht zu ihm zurück, Flynn. Du bist zu ehrlich, du kannst ihn nicht ansehen und dich für den großartigen

Wellnesstag bedanken. Du wirst ihm die Wahrheit sagen und ich mag mir gar nicht ausmalen, was er dir dann antun wird.«

Flynn schluckte. Alles in ihm schrie danach, Pit zu küssen und diesem unglaublichen Angebot zuzustimmen – aber das ging nicht. Beides nicht. Er war jetzt fast ein Jahr mit Arne zusammen, und der hatte so viel für ihn getan.

»Ich kann nicht!«, krächzte er. Arne hatte es nicht verdient, dass er ihre Beziehung einfach wegwarf. »Ich kann nicht einfach weglaufen, nur, weil es gerade … schwierig ist. Wir müssen nur … ich muss nur … du musst dir keine Sorgen machen, wirklich nicht.«

»Flynn«, sagte Pit eindringlich. »Du darfst seinen Versprechungen, dass so etwas nie wieder passieren wird, nicht glauben. Wer einmal angefangen hat, seinen Partner zu schlagen, wird nicht einfach so damit aufhören, vor allem, weil du so abhängig von ihm bist. Wenn dein … *Arne* … eine Therapie machen würde, hättet ihr eine Chance, aber warum sollte er das tun? Er hat dich doch in der Hand, Flynn.«

Flynn spürte, wie ihm die Tränen in die Augen traten. Nichts von dem, was Pit da sagte, entsprach der Wahrheit. Arne war doch kein tumber Schläger, dem die Hand ausrutschte, und dem es hinterher leidtat. Im Gegenteil. Arne hatte keinen Zweifel daran gelassen, dass er Flynn nicht nur helfen würde, sein

Klavierspiel zu verbessern, sondern dass er ihn auch dabei unterstützen würde, jene Charaktereigenschaften zu entwickeln, die für einen professionellen Pianisten unabdingbar waren – mit Hilfe seines Lineals.

»So ist es nicht, Arne, er …« Flynn verstummte. Er meint es doch nur gut, sollte der Satz eigentlich enden, aber das würde Pit nicht verstehen, zumal Flynn ja wirklich wollte, dass es aufhörte. »Ich kann nicht, Pit«, sagte er lahm. »Es geht einfach nicht.«

Er fürchtete, Pit würde nun automatisch davon ausgehen, dass es am Geld lag, dass er lieber in Arnes schicken Penthouse bleiben wollte, und ihn deswegen nun verachten würde. Doch Pit sah nur unendlich traurig aus, er öffnete schon den Mund, doch ehe Pit etwas sagen konnte, meinte Flynn hastig: »Was reden wir eigentlich ständig von mir? Was ist denn mit dir? Du sagst, nach Weihnachten kannst du das Zimmer in der alten Fabrik haben, aber was ist denn bis dahin? Willst du Weihnachten mit Seco wirklich auf der Straße verbringen? Warum gehst du nicht wenigstens für die paar Tage zurück zu deinen Eltern?«

Flynn konnte sich nicht vorstellen, wie es war, wenn man Eltern hatte, die präsent waren, nervig oder nicht. Pit offenbar schon. Er kickte gegen einen herumliegenden Kaffeebecher und schnaubte verächtlich durch die Nase.

»Und spiele den verlorenen Sohn, oder was? Bettle meine Mutter an, dass sie Futter für Seco kauft? Das is' was anderes, als auf der Straße Fremde anzuschnorren, das verstehst du nicht.«

Nein, das verstand Flynn wirklich nicht. »Aber – vielleicht würden sie sich sehr freuen, zumindest zu erfahren, dass es dir gutgeht? Es wäre ja auch nicht für immer, nur über Weihnachten.«

»Meine Eltern halten mich doch für einen Versager. Ich habe nichts vorzuweisen als einen alten Hund. Keinen Job, keine Bleibe ... und nicht mal ein popeliges Geschenk. Nee, so eine Enttäuschung zu Weihnachten ist doch beschissen, viel beschissener, als wenn ich mich gar nicht erst blicken lasse. Das kennen sie immerhin schon.«

»Das kann ich mir nicht vorstellen«, sagte Flynn. »Niemand, der die Fassade der Kita gesehen hat, kann dich für einen Versager halten.«

Pit verzog das Gesicht. »Lass es einfach. Aber ich hab's schon kapiert. Ich rede dir nicht mehr in deine verkorksten Beziehungen rein und du mir nicht in meine. Deal?«

»Deal!«, bekräftigte Flynn, auch wenn er enttäuscht war, weil der Moment, in dem sie sich fast geküsst hätten, nun endgültig ungenutzt verstrichen war.

»Bock auf die fettige Bratwurst?«, fragte Pit betont lässig und Flynn nickte schnell.

In einträchtigem Schweigen tranken sie ihren Glüh-wein aus. Flynn war froh, dass es nicht komisch wurde zwischen ihnen. Er hatte nicht viel Erfahrung mit zwischenmenschlichen Beziehungen, aber offen-bar war es möglich, dass man unterschiedlicher Meinung war, darüber redete und trotzdem super miteinander auskam. Dann sollten Arne und er das doch auch hinbekommen, oder?

Pit orderte drei Bratwürste – zwei in der Semmel mit viel Senf für sich und Flynn und eine ohne alles für Seco. Der Hund verschlang seinen Anteil in wenigen Sekunden, bettelte jedoch nicht um mehr, sondern setzte sich mit seinem üblichen, stoischen Gesichts-ausdruck neben die beiden jungen Männer.

»Seco ist wirklich total brav«, lobte Flynn. Diesmal wusste er es besser, als sich direkt auf die heiße Wurst zu stürzen, und zu seiner großen Freude lächelte Pit ihn über seine Semmel hinweg freundlich an und ging auf das unverfängliche Thema ein.

»Seco ist ein guter Kerl. Ich muss mich aber auch hundertpro auf ihn verlassen können, sonst läuft's nicht. Als ich ihn aus'm Heim mitgenommen hab', war's erst schwierig, da isser ständig an mir dran geklebt. War gar nicht leicht, ihm beizubringen, dass er vor allem auf unser Zeug aufpassen muss. Aber inzwischen hat er's gecheckt, dass ich ihn nicht hängen lass', auch wenn ich mal allein zum Schiffen muss, oder so.« Pit lachte wieder, und froh stimmte Flynn mit ein. Die Abenteuer, die Pit und Seco erlebt hatten, als sie noch in dem besetzten Haus gewohnt hatten, interessierten ihn wirklich und lenkten ihn recht wirkungsvoll von Arne und seiner Zukunft ab. Pit war aber auch ein toller Erzähler, bildlich stand Flynn vor Augen, wie Seco zu Beginn alle in den Wahnsinn getrieben hatte, weil er ständig alle Schuhe versteckt hatte. »Ich glaub', der wollte mich so dran hindern, zu verschwinden. Dass ich mich wohl kaum in den Pumps von der Babsi von der Bürgerinitiative davonmachen würde, hat er erst später kapiert. Die Babsi hat allerdings gekreischt wie eine Sirene, ein Wunder, dass es nicht alle Scheiben in unserer Bude rausgehauen hat. Das hat sogar Seco gecheckt, dass da war im Argen war – und schleppt ihr die ausge-leierten Flipflops von Max an! Klar, dass die nur noch lauter geplärrt hat, oder?«

Erneut stimmte Flynn in Pits Lachen ein und ge-stattete sich einfach mal, zu vergessen, dass die Uhr tickte und das Ende ihrer gemeinsamen Zeit rasend schnell näherkam.

Es wurde schon dunkel, als sie wieder im Hofgarten ankamen, den sie im stummen Einverständnis ange-steuert hatten, nachdem sie den Weihnachtsmarkt verlassen hatten. Die Kälte vertrieb das leicht neblige Gefühl in Flynns Kopf, das gewiss vom Glühwein kam. Nun gab es nur noch eine Sache, die er unbedingt tun wollte, bevor er sich für immer von Pit verabschieden musste.

Seine Hände tasteten nach den Geldscheinen in seiner Manteltasche. Eine Streifenkarte, zwei Glühwein und drei Bratwürste – mehr hatte er nicht ausgegeben, und mehr war auch gar nicht nötig gewesen, um ihm einen wunderschönen Tag zu bescheren. Flynn schluckte heftig. Jetzt nur nicht sentimental werden!

»Hier! Ich will, dass du den Rest bekommst«, sagte Flynn so fest wie möglich, als sie die Parkbank erreicht hatten, auf der Pit heute Morgen gesessen hatte, und streckte seinem Begleiter das restliche Geld hin.

»Nein, Flynn, das kann ich nicht annehmen …«

»Doch, das kannst du«, sagte Flynn fest. »Du und Seco – ihr sollt ein schönes Weihnachten haben.«

Insgeheim hoffte Flynn zwar immer noch darauf, dass Pit doch noch zu seinen Eltern gehen würde. Vielleicht überlegte er es sich ja, wenn er nicht mit leeren Händen dastand, sondern die Taschen voller Geld hatte? Aber wenn Pit andere Vorstellungen von einem tollen Weihnachtsfest für sich und seinen Hund hatte – wer war Flynn, ihn dafür zu verurteilen? Er hatte Pits Angebot, bei ihm zu bleiben, abgelehnt. Daher stand es ihm nun auch nicht zu, ihm Vorschriften zu machen.

»Nimm schon!«, drängte Flynn.

»Mensch, ich … das kannst du doch nicht machen. Ich hab' nichts für dich.«

»Du hast mir heute sehr viel geschenkt«, widersprach Flynn. »Außerdem brauchst du das Geld viel dringender. Ich … ich muss jetzt gehen, Pit. Aber ich … ich werde auch ein schönes Fest haben, wenn ich weiß, dass ihr beide es euch gut gehen lasst! Ich habe das ernst gemeint. Du musst dir keine Sorgen machen. Mir geht es gut bei Arne.«

Irgendwie glitzerte es verdächtig in Pits Augenwinkeln. Aber das lag sicher nur daran, dass die Beleuchtung im Hofgarten nicht die Beste war – ein cooler Typ wie Pit musste sicher nicht mit den Tränen kämpfen. Aber zumindest streckte er nun ein wenig zögernd eine Hand aus. Schnell drückte Flynn die Scheine hinein. Die Freude über seinen kleinen Sieg blühte in seiner Brust und überdeckte einen Moment lang sogar den Abschiedsschmerz.

»Wollen wir nicht wenigstens Handynummern austauschen?«, drängte Pit, doch Flynn schüttelte den Kopf.

»Es geht nicht.« Selbst wenn er noch ein Handy hätte – wenn er es wirklich ernst meinte mit seinem Entschluss, bei Arne zu bleiben, dürfte er keine Nummer eines anderen Mannes abspeichern.

»Aber – du kommst in Maris Café, wenn du jemanden zum Reden brauchst, okay? Seco und ich sind fast jeden Tag da«, sagte Pit eindringlich.

Flynn antwortete nicht. Sie wussten doch beide, dass das nicht passieren würde. Er streckte seine Hand aus, um die von Pit ein allerletztes Mal zu schütteln. »Machts gut, ihr zwei.«

Ihre Hände berührten sich nur flüchtig. Auch den Hund noch einmal zu streicheln wagte Flynn nicht, zu sehr fürchtete er sich davor, dass er dann doch noch schwach werden würde. Es kostete ihn so schon eine geradezu unmenschliche Anstrengung, auf dem Absatz kehrtzumachen und sich von Pit und Seco zu entfernen.

»Flynn!«, rief Pit, als er schon etliche Meter weit gekommen war. Flynn hielt an, drehte sich aber nicht um. »Meine Eltern – sie haben mich allen Ernstes Jupiter genannt!«

Flynn lächelte, und gleichzeitig kullerten zwei einsame Tränen über sein Gesicht. Er hob eine Hand, auch wenn Pit mit dieser Geste sicher wenig anfangen konnte, wusste er doch selbst nicht, was er damit sagen wollte. Aber Pit sollte wissen, dass er ihn gehört hatte.

Dann biss er die Zähne zusammen und ging weiter. Zurück in sein altes Leben.

Nachdem er den ganzen Tag im vorweihnachtlichen Trubel Münchens unterwegs gewesen war, kam Flynn Arnes Penthouse ungewöhnlich still vor. Sorgfältig hängte er seinen Mantel weg, nahm die Mütze ab und schlüpfte aus den Schuhen. Er hatte erwartet, dass es eine wahnsinnige Erleichterung sein würde, seine schmerzenden Füße endlich in die gemütlichen Hausschuhe zu stecken, aber irgendwie fühlte er sich innerlich ganz taub, sodass er es gar nicht genießen konnte.

Flynn begrüßte Hannelore kurz, die inmitten des Dampfes ihres Bügeleisens im Hauswirtschaftsraum stand und eifrig Arnes Hemden plättete, bevor er in die Küche ging. Alles Dinge, die er schon hundert Mal gemacht hatte, doch heute fühlte es sich unwirklich an, als stände er ein ganzes Stück neben sich. Zu der Taubheit in seiner Brust gesellte sich nun auch noch ein fieses Stechen. Flynn hoffte, dass es schnell wieder wegging, wenn er einfach nicht mehr an Pit und Seco dachte, es half aber leider nicht.

Dabei sollte er sich wirklich lieber überlegen, wie er das Gespräch mit Arne angehen würde. Denn der würde bestimmt fragen, wie es im Marie Therese gewesen war, und Flynn wollte ihn wirklich nicht anlügen. Das würde aber auch bedeuten, dass er ansprechen musste, was in ihrer Beziehung nicht so lief, wie Flynn es sich wünschte. Und zwar nach Möglichkeit so, dass Arne verstand, dass er nicht undankbar sein wollte. Im Gegenteil! Er war auch nicht zurückgekommen, weil Pit ein Obdachloser und Arne reich war! Sondern weil er wirklich an der Beziehung zu Arne arbeiten wollte. Er kannte Pit doch kaum, mit Arne hingegen war er schon so lange zusammen. So eine Beziehung beendete man doch nicht von einem auf den anderen Tag, nur weil sich da ein Schmetterling, oder vielleicht auch zwei oder drei, in Flynns Bauch verirrt hatten.

Flynn ging in die Küche und machte sich einen Pfefferminztee. Dabei gab er sich alle Mühe, Pits Lachen und Secos freundliche Augen aus seinen Gedanken zu verbannen. Stattdessen konzentrierte er sich darauf, wie es vor einem Jahr gewesen war. Als Arne ihn umworben und so recht schnell sein Herz gewonnen hatte.

Das erste Mal hatte er Arne in Begleitung eines jungen Mannes in dem Herrenmodegeschäft gesehen, in dem er damals gearbeitet hatte. Da war Flynn noch gar nicht mit seiner Ausbildung fertig gewesen. Selbstverständlich hatte Flynn sich nicht um einen so wohlhabenden, wichtigen Kunden kümmern dürfen, der in einem offensichtlich maßgeschneiderten Anzug herumlief. Dennoch war Flynn irgendwie fasziniert gewesen, und hatte so getan, als müsse er ganz dringend einen Stapel Pullis neu zusammenlegen – die natürlich gar nicht weit von Arne und seinem Begleiter ausgestellt worden waren.

Ein halbes Jahr lang hatte Arne den Laden nicht mehr aufgesucht, jedenfalls nicht dann, wenn Flynn arbeiten musste, und schon bald hatte Flynn nicht mehr an ihn gedacht. Bis der weltgewandte Mann plötzlich wieder beim Herrenausstatter auftauchte und Flynn mit einer geradezu unglaublichen Ansage überraschte: Er war nur gekommen, um ihn wiederzusehen und um ihn um ein Date zu bitten.

Zunächst war Flynn davon ausgegangen, dass der elegante und wohlhabende Arne wohl kaum mehr als einen One-Night-Stand von dem jungen Verkäufer wollen könnte – doch Arne hatte ihn schnell eines Besseren belehrt. Er hatte sich Zeit gelassen, Flynn mehrmals ausgeführt, zum Essen und ins Theater, und ihn anschließend zurück in seine WG gebracht, wo Arne sich mit einem keuschen Kuss auf die Wange verabschiedet hatte. Erst nach dem dritten oder vierten Date hatte Arne ihn zu sich nach Hause eingeladen – damit Flynn sich Arnes Klavier ansehen und darauf spielen konnte, wenn er wollte.

Flynn war fest davon ausgegangen, dass dies ganz bestimmt nur ein Vorwand war, um ihn endlich in sein Bett zu bekommen – und er hätte definitiv nichts dagegen gehabt, war er doch längst in Arne verliebt gewesen. Aber wieder war alles ganz anders gekommen. Flynn hatte den ganzen Abend an Arnes

Steinway-Flügel gesessen und für ihn gespielt. Zu Beginn war Flynn wahnsinnig nervös gewesen, denn Arne hatte sich einen Stuhl herangezogen und seinen Besucher so ernst gemustert, dass Flynn sich unwillkürlich wie bei einer Prüfung vorgekommen war, auf die er sich nur ungenügend vorbereitet hatte. Doch dann hatte er angefangen zu spielen, und war immer mehr in der Musik aufgegangen, auch wenn es einfache Stücke gewesen waren, die er aus dem Gedächtnis spielen konnte.

Als er schließlich die Hände sinken ließ und vorsichtig zu Arne blinzelte, war das strenge Gesicht durch ein inniges Lächeln erhellt worden, und hätte Flynn nicht längst sein Herz an ihn verloren, in dem Moment wäre es gewiss um ihn geschehen gewesen.

An diesem Abend hatten sie sich das erste Mal richtig geküsst, doch danach hatte Arne ihn wieder nach Hause gebracht, und erst zwei Wochen später waren sie intim miteinander geworden. Ab diesem Moment ging dann alles ganz schnell, Flynn zog schon kurz darauf bei Arne ein und kündigte seinen Job. Aber das war in Ordnung gewesen, denn da war sich Flynn bereits sicher gewesen, dass er den Rest seines Lebens mit Arne verbringen wollte, und er seinem Partner eines Tages alles vergelten würde, was der nun für ihn tat.

Das wollte er doch auch immer noch! Sie waren doch ein Paar, keine flüchtigen Bekannten. Schon so oft hatten sie Zukunftspläne geschmiedet, darüber geredet, wie es sein würde, wenn Flynn erst an bedeutenden Orten dieser Welt auftreten konnte – während Arne natürlich immer einen besonderen Platz im Publikum einnehmen würde.

Alles, was nötig war, um diesen Traum wahr werden zu lassen, war, ein bisschen an ihrer Beziehung zu arbeiten. Das war es, was man tat, wenn man erwachsen war, man stellte so eine Partnerschaft nicht infrage, für etwas, dass gewiss nur ein Strohfeuer war. Pit kennenlernen zu dürfen, war gut gewesen, denn die Begegnung hatte Flynn gezeigt, dass es da einiges gab, was er gerne ändern würde. Das würde auch für ihn selbst nicht einfach werden, aber bestimmt konnten sie Kompromisse finden, mit denen sie beide glücklich waren. Ja, Flynn war durchaus gewillt, sich anzustrengen, und dann würde er gewiss auch den Arne zurückbekommen, in den er sich verliebt hatte!

Mitten in diese Überlegungen hinein hörte Flynn, wie die Tür zum Penthouse geöffnet wurde. Arne kam früher als erwartet. Verdammt, Flynn fühlte sich noch gar nicht bereit, ihm gegenüberzutreten.

»Herr Bender! Mit Ihnen habe ich ja noch gar nicht gerechnet!«, hörte er Hannelore im Flur aufgeregt zwitschern.

»Machen Sie Feierabend. Ich brauche Sie heute nicht mehr.«

»Aber Herr Bender. Ich könnte Ihnen schnell ein paar Buchweizen-Bratlinge ...«

»Hannelore!«

Mehr sagte Arne nicht, und doch führte es dazu, dass die Haushälterin mit klappernden Absätzen floh, während Flynns Magen sich ängstlich verknotete. Diesen Ton kannte er, und das hörte sich nicht gut an. Irgendwas musste bei Arne in der Arbeit furchtbar schiefgelaufen sein.

»Flynn.« Arne erschien in der Küchentür und musterte ihn kalt von oben bis unten.

»Äh ... hallo Arne«, sagte Flynn nervös und stellte die Teetasse beiseite. Er wusste, was dieser Blick zu bedeuten hatte. Arne war verärgert, ach was, er war stinksauer. So beherrscht Arne auch normalerweise war, in solchen Momenten musste er sich abreagieren – und Flynn hatte während ihrer gemeinsamen Zeit bereits zweimal miterlebt, was passierte, wenn Arne sich abreagieren musste.

Der ungeheure Druck, unter dem sein Lebensgefährte in der Arbeit stand, wurde einfach hin und wieder zu viel, aber Sex half Arne normalerweise darüber hinweg. Sex, der hart und mitunter auch schmerzhaft für Flynn war. Aber das war okay. Arne hatte ihn noch nie ernsthaft verletzt.

Eigentlich hatte Flynn sich den Abend ganz anders vorgestellt. Er hatte mit Arne reden wollen. An Sex hatte er definitiv nicht gedacht.

Aber das war jetzt egal. Er war nicht mit Pit mitgegangen, weil er an der Beziehung zu Arne arbeiten wollte. Aber das konnten sie auch morgen noch tun. Wenn Arne ihn heute brauchte, war das erstmal wichtiger als alles andere.

Doch nicht nur das … Flynn erinnerte sich auch nur allzu gut daran, wie Arne die anderen beiden Male am Morgen danach mit ihm umgegangen war: Reumütig hatte er sich entschuldigt, hatte Flynn zärtlich umsorgt und ihm jeden Wunsch von den Augen abgelesen. Wenn Arne erst in dieser Stimmung war, würde es ein Leichtes sein, ihm behutsam klarzumachen, was Flynn an ihrer Beziehung gerne ändern würde.

»Was brauchst du?«, fragte Flynn also, und hoffte, dass Arne das kleine Zittern in seiner Stimme nicht hörte.

»Tja, was brauche ich?«, fragte Arne. Dabei verzog er keine Miene, starrte Flynn weiter unbewegt an und machte auch keinerlei Anstalten, näherzukommen. »Wie wäre es mit einem Freund, der mich nicht betrügt?«

Flynn zuckte unwillkürlich zusammen. »Arne …«, begann er, brach jedoch wieder ab, als ihm klar wurde, dass er nicht wusste, was er nun sagen sollte.

Arne schnaubte verächtlich durch die Nase. »Was ich heute gebraucht hätte, wäre ein Freund gewesen, der mich glücklich strahlend umarmt, wenn ich ihn von seinem Wellnesstag abholen will. Ja, das wäre schön gewesen. Stattdessen musste ich feststellen, dass ich mit einer Natter zusammenlebe, die nicht nur mein großzügiges Geschenk mit Füßen tritt, sondern auch die erstbeste Gelegenheit nutzt, um mit irgendeinem dahergelaufenen Kerl fremdzugehen!«

»Arne, das stimmt doch nicht …«, protestierte Flynn, hörte jedoch selbst, wie dünn und wenig überzeugend seine Stimme klang.

»Schweig!«, unterbrach Arne ihn barsch. »Dass du hier bist, in meiner Küche, dir ganz selbstverständlich einen Tee kochst, als wäre nichts geschehen, verletzt mich noch mehr als deine schändliche Untreue! Da war dir meine Kohle wohl doch wichtiger als ein bisschen Spaß, hm? Aber so nicht! Nicht mit mir!«

»Lass mich doch erklären …«

»Ich will deine fadenscheinigen Ausreden nicht hören«, unterbrach Arne ihn erneut. Immer noch klang er beherrscht und kalt dabei, aber seine Bewegungen waren seltsam eckig, als er nun zwei Schritte in die Küche hineinmachte und eine Schublade aufzog. »Weißt du, was ich jetzt wirklich gerne tun würde?«

Flynn schüttelte den Kopf, obwohl Arne das natürlich nicht sehen konnte, schließlich drehte er ihm den Rücken zu. Aber Arne schien auch gar keine Antwort zu erwarten, mit einem bitteren Unterton in der Stimme fuhr er scheinbar zusammenhanglos fort: »Ich habe wirklich geglaubt, mit dir hätte ich den Mann gefunden, mit dem ich den Rest meines Lebens verbringen werde. Ich habe geschuftet wie ein Schwein, damit es dir auch an nichts fehlt. Damit ich dich später jederzeit begleiten kann, wenn du erst ein berühmter Pianist bist und auf der ganzen Welt auftrittst.«

Ein Schluchzen drängte sich Flynns Kehle hoch und er konnte nicht verhindern, dass es ihm entwischte. Das wollte er doch auch – immer noch!

»Aber für dich bin ich scheinbar nichts weiter als ein treudoofer Goldesel. Am liebsten würde ich dir genauso wehtun, wie du mir wehgetan hast.« Arne griff in die Schublade, und Flynn keuchte entsetzt auf, als er sah, wie Arne den Fleischklopfer herausnahm, den Hannelore sonst immer benutzte, um die Schnitzel flachzuklopfen. »Nur zu gerne würde ich deinen großen Traum ebenso kaputt machen, wie du meinen kaputt gemacht hast! Damit du spürst, wie sich das anfühlt.« Arne hob den Fleischklopfer und ließ ihn mit einem lauten Knall auf die Theke niedersausen.

Obwohl die schimmernde Marmorplatte nicht mal einen Kratzer davontrug, schrie Flynn entsetzt auf. Was hatte Arne vor, wollte er ihn umbringen?

»Stell dir vor, deine Hand läge nun hier«, sagte Arne, und erneut krachte der Fleischklopfer auf die Theke, dann drehte Arne sich um und sah ihn einfach nur an.

Flynn wimmerte, versteckte seine Hände hinter dem Rücken. Das würde Arne doch nicht wirklich tun, oder? Überdeutlich wurde ihm plötzlich bewusst, dass er an Arne vorbeimusste, wenn er weglaufen wollte. An einem Arne, der jeden Tag seine Mittagspause in einem Fitnessstudio verbrachte, wo er nicht nur Gewichte stemmte, sondern auch Eiweißshakes zum Muskelaufbau trank. Flynn hatte Arnes Stärke immer bewundert, war sich sicher und beschützt in seinen Armen vorgekommen. Aber nun machte ihm die Tatsache, dass er seinem Lebensgefährten körperlich derartig unterlegen war, eine Heidenangst.

»Arne bitte … so war das doch nicht …«, stammelte Flynn.

»*Arne bitte*«, äffte Arne ihn nach. »Wie war was nicht? Kannst du mir jetzt und hier wirklich in die Augen sehen und schwören, dass du mich nicht betrogen hast, ja?«

Flynn öffnete schon den Mund, denn schließlich war er Arne ja wirklich nicht untreu gewesen. Doch dann zögerte er. Rein technisch mochte das stimmen, aber nur allzu deutlich erinnerte Flynn sich an Pits Mund, er sah förmlich das funkelnde Piercing in der Unterlippe vor sich, und Pits Zunge, die einen Tropfen Glühwein davon ableckte. Er hatte seinen brennenden Wunsch, Pit zu küssen, keinesfalls vergessen, und dass es nie dazu gekommen war, lag nicht daran, dass Flynn im letzten Moment zurückgeschreckt war. Pit war es, der sie unterbrochen hatte.

»Ich … ich habe ihm nur die Hand gegeben, mehr war da nicht, wirklich nicht Arne«, entgegnete er also recht lahm.

Arne schwieg, legte aber wenigstens den Fleischklopfer beiseite. Doch Flynn merkte, dass sein Lebensgefährte genau verstanden hatte, was los war. Zwar war tatsächlich nichts zwischen Pit und ihm gelaufen – aber im Herzen war Flynn seinem Freund sehr wohl untreu gewesen.

»Warum bist du zurückgekommen?«, fragte Arne. »Erschien es dir dann doch angenehmer, dir weiter dein faules Leben von mir finanzieren zu lassen, anstatt fröhlich in der Gegend herumzuvögeln?«

Flynn zuckte zusammen. Er war noch nie der Typ für unverbindlichen Sex gewesen, und er war auch nicht faul. Er hatte so hart daran gearbeitet, sein Klavierspiel zu verbessern, Stunde um Stunde, bis seine Finger schmerzten und sein Kopf dröhnte. Doch dies war gewiss nicht der richtige Moment, um Arne darauf hinzuweisen, im Augenblick ging es um Wichtigeres.

»Nein, natürlich nicht. Es geht mir doch nicht ums Geld, sondern darum, mit *dir* zusammen zu sein. Ich will an unserer Beziehung arbeiten! Wir lieben uns doch.«

»Tun wir das?«, fragte Arne kühl. »Das wirkt auf mich im Augenblick aber ganz anders. Außer lahmen Beteuerungen bekomme ich nichts von dir. Aber nun gut, ich bin bereit, dir noch eine Chance zu geben. Beweise mir, dass es dir ernst ist mit uns!«

»Wie?«, krächzte Flynn heiser.

»Zieh dich aus«, sagte Arne lapidar.

»Nein Arne, bitte, ich will jetzt nicht …«

Arne lachte bitter auf. »Wusste ich es doch! Du hast dich von einem anderen Kerl vögeln lassen und hast jetzt Angst, dass ich es merke!«

»Nein, aber ich … ich würde lieber reden …«

»Reden, soso. Willst du mir weitere Ausflüchte auftischen? Das spricht ja nicht gerade dafür, dass dir unsere Beziehung wichtig ist. Was ich will, spielt natürlich mal wieder überhaupt keine Rolle.«

Irgendwas stimmte mit dieser Argumentation nicht, das spürte Flynn genau, aber inzwischen war er so durcheinander, dass er nicht darauf kam, was es war. Doch Arne ließ ihn sowieso nicht zu Wort kommen.

»Wobei ich das wirklich mehr als erbärmlich finde«, fuhr er unbarmherzig fort. »Nachdem du heute *mein Geld* mit vollen Händen ausgegeben hast, steht mir also nicht mal ein kleiner Fick zu, ja? Dabei habe ich wirklich teuer genug für dieses Vergnügen bezahlt.«

So sah er das also? Das tat unfassbar weh. Flynn wünschte sich plötzlich, er hätte einfach zugestimmt, mit Arne zu schlafen. Dann hätte er sich diese Beleidigung wenigstens nicht anhören müssen.

»Ich werde dich natürlich nicht zwingen«, sagte Arne. »Ebenso wenig, wie ich deine Finger zertrümmern werde. Ich bin schließlich kein Monster. Aber verrate mir eines, Flynn: Wie weh willst du mir eigentlich noch tun? Du spuckst auf mein Geschenk, du treibst dich den ganzen Tag mit einem anderen Mann herum und verjubelst meine Kohle, und jetzt verweigerst du dich mir auch noch? Was kommt als Nächstes, verrätst du mir das?« Arne kniff die Augen zusammen. »Oder willst du mir etwa weismachen, dass du wenigstens ein kleines Weihnachtsgeschenk von *meinem* Geld für mich gekauft hast?«

Einen Augenblick lang war Flynn wie versteinert, ehe die Scham wie giftige Galle in ihm aufstieg. Arne hatte ja recht! Auch wenn Pit und Seco das Geld dringender brauchten als Arne ein nutzloses Geschenk – es war nicht an Flynn gewesen, das zu entscheiden. Er war nicht besser als ein gemeiner Dieb.

»Nein«, gestand er und spürte, wie ihm erneut die Tränen in die Augen stiegen.

»Dann zieh dich aus und bück dich. Zeig mir, dass du dafür geradestehen willst, was du heute alles getan hast.«

Flynn schwirrte der Kopf. Hatte Arne recht? Den ganzen Tag war da doch unterschwellig dieses schlechte Gewissen gewesen. Hatte Flynn nicht ganz genau gewusst, dass es nicht in Ordnung war, was er da tat? Aber er hatte diese Gedanken einfach beiseitegeschoben, weil er nicht darauf verzichten wollte, mit Pit und Seco zusammen zu sein.

»Okay …«, sagte Flynn gedehnt, und begann zögernd, die oberen Knöpfe seines Hemdes zu öffnen. Es ist ein Geschäft, sagte er sich dabei. Dieses eine Mal nur. Es war doch nichts dabei. Er hatte das Geld bekommen, und Arne würde den Sex bekommen. Danach wäre die Sache aus der Welt. Vielleicht würde es dann sogar ihnen beiden besser gehen?

Im Augenblick sah Arne aber leider überhaupt nicht so aus, als würde es ihm bald besser gehen. Flynns widerwillige Einwilligung und sein zögerliches Entkleiden schienen ihn eher noch mehr zu verärgern, anstatt ihn zu besänftigen. Mit einem verächtlichen Schnauben öffnete Arne die Schnalle seines Gürtels.

Ehe Flynn so ganz verstand, dass sein Freund das nicht tat, um sich ebenfalls auszuziehen, hatte der den Gürtel mit einer schnellen Bewegung aus den Schlaufen gezogen, machte mit erhobener Hand zwei Schritte auf Flynn zu, dann schwirrte der Gürtel auch schon durch die Luft und traf direkt auf Flynns Finger, die immer noch mit den Hemdknöpfen beschäftigt waren.

»Arne, nein!« Dem Entsetzen darüber, dass Arne ihn einfach so geschlagen hatte, folgte ein brennender Schmerz. Flynn wimmerte, starrte perplex auf seine Hände und den roten Striemen darauf.

»Lass das Theater und beeil dich lieber. Außerdem hast du doch selbst zugegeben, dass du eine Strafe für deinen Verrat verdient hast!«

Das hatte er nicht. Oder? Flynn wusste nicht, wie er einen klaren Gedanken fassen sollte, wenn Arne wie ein Rachegott vor ihm stand, den Gürtel wie eine Peitsche in der einen Hand. Als sei Flynn ein störrischer Esel, schlug Arne immer wieder zu, wenn es ihm zu langsam ging. Dabei wirkte er seltsam distanziert, als gingen ihn weder Flynns Schmerzensschreie noch dessen Beteuerungen, dass er sich doch schon beeile, irgendwas an.

Dabei beeilte Flynn sich wirklich, wollte das alles nur noch hinter sich bringen. Aber seine Hoffnung, dass Arne aufhören würde, ihn zu schlagen, sobald er sich ausgezogen hatte, erfüllte sich nicht. Zwar wies

Arne ihn barsch an, sich über die Küchentheke zu beugen, aber anstatt zur Tat zu schreiten, platzierte er noch einige besonders heftige Schläge auf Flynns Hintern und die Oberschenkel. Der schrie erneut auf, und wahrscheinlich hätte er wirklich versucht, wegzulaufen, wenn in diesem Augenblick nicht der Gürtel direkt neben seinem Gesicht auf der Theke gelandet wäre.

»Ich werde dir schon zeigen, wo du hingehörst«, knurrte Arne. Flynn schloss die Augen. Gleich, gleich würde es vorbei sein! Er hörte schon, wie Arne seine Hose öffnete – aber da fehlte doch noch etwas!

»Arne, du hast das Gleitgel vergessen.« Flynn keuchte vor Angst und Anspannung.

»Nicht nötig.« Arne spuckte auf Flynns Anus. »Ich will, dass du es tagelang spürst. Das wird dir eine Lehre sein!«

Das ging bestimmt zu weit. Es war vorher schon zu weit gegangen. Oder? Aber er hatte zugestimmt. Jetzt einen Rückzieher zu machen, würde die Sache nur schlimmer machen.

Vielleicht war es auch egal. Arne würde tun, was er sich vorgenommen hatte. Je weniger Flynn widersprach, desto schneller würde es vorbei sein. Flynn schloss die Augen, versuchte zu ignorieren, wie Arne nun zügig zur Tat schritt. Seltsamerweise tat es nicht besonders weh, obwohl Arne sich nicht die Zeit nahm, ihn vorzubereiten. Stattdessen fühlte es sich an, als stürbe irgendetwas tief drin in Flynn ab, und was immer es war, es hinterließ eine eisige Kälte in seinem Herzen.

Es dauerte nicht lang, vielleicht war Flynns Zeitempfinden aber auch gleich mit abgestorben, er konnte es nicht sagen. Nur undeutlich nahm er Arnes Worte wahr, als dieser endlich von ihm abgelassen hatte: »Hast du mir was zu sagen, Flynn?«

Flynn hatte keine Ahnung, was Arne hören wollte. Eine Entschuldigung? Oder erwartete er ernsthaft, dass Flynn sich *hierfür* auch noch bedankte? Aber selbst, wenn er gewusst hätte, was er sagen sollte, Flynn ahnte, dass er kein Wort über die Lippen bringen würde. Er richtete sich auch nicht auf, sondern blieb einfach so stehen, den Oberkörper über die Küchentheke gebeugt und die Augen geschlossen, und wünschte sich einfach nur, dass sich all das hier als schlimmer Traum entpuppen würde, wenn er es jemals schaffen sollte, die Lider wieder zu heben.

»Widerspenstiger Bastard! Sehr weit scheint es ja mit deiner Reue nicht her zu sein!«, knurrte Arne. »Geh ins Bett. Ich glaube nicht, dass ich dich heute nochmal sehen will. Wir reden morgen über dein Betragen.«

Mit schweren Schritten verließ Arne die Küche. Es dauerte eine ganze Weile, bis Flynn es schaffte, die Augen wieder zu öffnen, und natürlich war alles, was passiert war, kein Traum gewesen, sondern nichts als die bittere Realität. Langsam kehrten auch die Schmerzen in sein Bewusstsein zurück, so heftig, dass Flynn gar nicht genau sagen konnte, was ihm alles wehtat. Sein Kopf dröhnte, und jede noch so kleine Bewegung löste ein Brennen und Stechen an so vielen unterschiedlichen Körperstellen aus, dass Flynn unmöglich sagen konnte, wo ihn der Gürtel überall getroffen hatte. Als er versuchte, sich aufzurichten, überkam ihn ein Schwindelgefühl und er musste sich an der Küchentheke festkrallen, um nicht einfach umzukippen. Fast wünschte er sich das taube Gefühl von vorhin zurück, aber da war auch die Angst, dass Arne zurückkommen und erneut auf ihn losgehen würde – ob mit Worten oder mit dem Gürtel –, wenn er nicht tat, was sein Lebensgefährte verlangt hatte.

Die Kleidungsstücke aufzusammeln erforderte bereits eine enorm schmerzhafte Anstrengung. Flynn musste mehrmals innehalten, um Atem zu holen, bis er es schließlich geschafft hatte und mühsam in Richtung Schlafzimmer schlich.

Eigentlich wollte er sich ungern in das Bett legen, das er nun schon so viele Monate gerne mit Arne geteilt hatte, aber Flynn fehlte auch jede Energie, um sich zu widersetzen. Mit eckigen Bewegungen, die weitere Schmerzen hervorriefen, kroch er irgendwie auf die Matratze und legte sich, nackt wie er war, einfach auf die Decke. Das war gewiss nicht ideal, doch die Striemen auf seinem Körper peinigten ihn zu sehr, als dass er sich vorstellen konnte, etwas anzuziehen oder sich zuzudecken.

Schon jetzt wusste Flynn, dass er in dieser Nacht kein Auge zutun würde. Seine Haut brannte, aber noch schlimmer war das Gefühl der Scham, das er immer deutlicher spürte. »Ich werde dich nicht zwingen«, hatte Arne gesagt, und Flynn glaubte ihm das sogar. Auch wenn er sich nicht daran erinnern konnte, dass er bestraft werden wollte, wie Arne das behauptet hatte, so blieb doch die Tatsache, dass er sich nicht gewehrt und kaum widersprochen hatte. War er nicht genauso schuld an dem, was passiert war, wie Arne? Nicht nur wegen der Sache mit Pit, sondern auch, weil er sich nicht bemüht hatte, den Konflikt mit Arne anders zu lösen. Wie ein dummes Schaf hatte er alles mit sich machen lassen. War das nicht erbärmlich? Er schämte sich so sehr dafür, und Flynn wünschte sich sehnlichst, dass nie jemand davon erfahren würde. Gleichzeitig fragte er sich, was nun aus ihm und Arne werden sollte. Er wollte sich nicht von Arne trennen, trotz allem nicht. Sie liebten sich doch!

Flynn versuchte, die zärtlichen Gefühle, die er ganz gewiss noch für Arne hatte, wieder in sich aufzuspüren, doch alles, was er fand, war diese grässliche Kälte. Aber gewiss würde diese verschwinden und die Liebe kam zurück, wenn Arne und er sich erst ausgesprochen hatten.

In Gedanken malte Flynn sich schon aus, was er alles zu Arne sagen wollte. So etwas durfte nie, nie wieder passieren, und auch er würde versprechen, dass er Arne nicht mehr hintergehen würde. Dann hatten sie doch noch eine Chance, oder?

Trotzdem versteifte Flynn sich ängstlich, als Arne schließlich auch zu Bett ging. Doch der drehte sich gleich von ihm weg, machte nicht einmal den Versuch, Flynn zu trösten oder ihn zärtlich zu streicheln. Flynn war erleichtert, auch wenn er sich verzweifelt nach etwas Wärme in seinem Inneren sehnte. Doch im Moment fürchtete er Arnes Berührungen. Heute würden sie ihm keinen Trost spenden können.

Im Gegensatz zu Flynn schien Arne sich keine großen Gedanken um die Geschehnisse des heutigen Abends zu machen, schon kurze Zeit, nachdem er zu Bett gegangen war, wurden Arnes Atemzüge tiefer – sein Lebensgefährte war eingeschlafen.

Flynn hingegen starrte in die Dunkelheit und zwang sich dazu, nicht daran zu denken, wie glücklich er noch vor wenigen Stunden gewesen war. Alles, was jetzt eine Rolle spielen durfte, war, die Beziehung zu Arne wieder zu kitten.

Und doch schien es Flynn, als ruhte Pits Blick auf ihm, während die unglaublichsten blauen Augen, die er kannte, vor Sorge schimmerten.

Als Arne am nächsten Morgen wieder aufstand, war Flynn immer noch wach. Sein Lebensgefährte schenkte ihm keinerlei Beachtung, und Flynn zögerte den Moment, an dem er ebenfalls aufstehen musste, noch ein wenig hinaus, obwohl er unbedingt mit Arne reden wollte, bevor dieser ins Büro ging. Aber im Laufe der Nacht hatte er herausgefunden, dass es am wenigsten schmerzhaft war, wenn er möglichst ruhig liegenblieb, und der Gedanke, wie es sein würde, aufzustehen und sich anzuziehen, war furchterregend.

Doch es half ja nichts. Das, was er zu sagen hatte, konnte nicht den ganzen Tag warten, und ganz gewiss würde er Arne nicht nackt gegenübertreten, auch wenn es wirklich die Hölle war, eine Hose und ein Hemd über seine geschundene Haut zu streifen.

»Ah, sieh an, du beehrst mich mit deiner Anwesenheit«, sagte Arne spöttisch, als Flynn das Esszimmer betrat, wo Arne wie jeden Morgen die Zeitung auf seinem Tablet studierte, einen grünen Smoothie neben sich.

»Arne, wir müssen reden«, sagte Flynn.

»Wie schön, dass du offenbar zur Vernunft gekommen bist. Aber bevor ich bereit bin, mir deine Entschuldigung anzuhören, hast du noch einen langen Weg vor dir.«

»Nein, ich wollte …«, begann Flynn.

»Nach dem, was du dir alles geleistet hast, solltest du dir jetzt jede Widerrede sparen«, sagte Arne.

»Arne, so geht es nicht weiter!« Irgendwie schaffte Flynn es, zu protestieren.

»Das sehe ich allerdings genauso«, sagte Arne, klang aber nicht im Geringsten so, als wolle *er* sich ändern. Was seine nächsten Worte bestätigten. »Flynn, dein Ton gefällt mir überhaupt nicht. Du solltest besser nicht vergessen, wer du warst, als ich dich aufgelesen habe! Ein unbedeutender Verkäufer. Zu mehr, als hin und wieder auf einer billigen Hochzeit Schlager spielen zu dürfen, hättest du es doch nie gebracht. Ich hingegen lege dir die Welt zu Füßen – und alles, was ich dafür erhalte, ist Undankbarkeit und Trotz?«

»Ich will wirklich nicht undankbar sein, aber du darfst mich nicht mehr schlagen, Arne!«

»Flynn. Du setzt dich hier ins gemachte Nest und trampelst zudem noch auf den Gefühlen des Mannes herum, der alles für dich tun würde. Und jetzt tust du so, als hätte ich dir Unrecht getan. Auf mich hast du gestern nicht den Eindruck gemacht, als wolltest du nicht dafür büßen, dass du es dem Mann gegenüber, der dir eine glänzende Zukunft ermöglichen will, an Respekt und Loyalität hast fehlen lassen. Das zeigt mir, dass es noch nicht zu spät für dich ist – für uns! Wenn du jetzt umkehrst und mir beweist, wie sehr du bereust, was du mir angetan hast, dann haben wir noch eine Chance. Flynn, wir waren uns doch einig, dass wir uns beide eine monogame Beziehung wünschen. Ich habe nie einen anderen Mann auch nur angesehen. Wenn du es wirklich ernst meinst, mich wirklich liebst, dann wirst du jeden Gedanken an diesen Kerl aus deinem Kopf verbannen. Ich helfe dir dabei.«

Flynn geriet ins Schwanken. Einmal mehr hatte Arne es geschafft, die Dinge so hinzudrehen, dass auch Flynn der Ansicht war, dass er einen Fehler gemacht hatte und nur Arne wusste, wie dieser wieder geradezubiegen war. Alles, was Flynn sich während dieser langen Nacht überlegt hatte, schien mit einem Mal doch verkehrt zu sein. War es nicht wirklich so, dass es ihm immer noch verlockender erschien, auf einer Matratze in Pits Zimmer zu schlafen und mit Secos stinkendem Atem im Gesicht aufzuwachen, als hier mit Arne zusammenzuleben? Aber was meinte Arne damit, er wolle ihm helfen, sich Pit aus dem Kopf zu schlagen? Wie sollte das gehen?

»Ich werde dir sagen, was wir tun werden«, unterbrach Arne seine Überlegungen. »Auch wenn ich mir den heutigen Tag wirklich ganz anders vorgestellt habe. Denn ich treffe mich heute mit Akio Sanya zum Lunch, und eigentlich dachte ich, das wäre eine wunderbare Gelegenheit, damit ihr euch ein wenig beschnuppern könnt.«

Er hätte – Akio Sanya treffen können? Heute?! Das brachte Flynn nun endgültig aus dem Konzept. Arne hatte bereits mehrmals erwähnt, dass er den Pianisten, den Flynn so sehr verehrte, persönlich kannte. Ausgerechnet heute war Arne mit ihm verabredet, aber es hörte sich nicht so an, als würde auch Flynn die Chance erhalten, mit dem Japaner zu reden. Vielleicht, wenn er …

»Ich dachte, das wäre möglicherweise so etwas wie ein vorgezogenes Weihnachtswunder für dich. Aber sieh dich nur an! In dieser Verfassung wirst du den Japaner kaum beeindrucken. Ich glaube auch nicht, dass ich dich heute an meiner Seite haben möchte.«

Verdammt, er würde also keine Chance erhalten, Akio Sanya zu sehen. Warum wurde denn alles schlimmer und schlimmer? Zum ersten Mal fragte Flynn sich, ob es nicht doch besser gewesen wäre, wenn er Pit nie begegnet wäre. Er wagte nicht zu fragen, ob Arne am Tag zuvor den Wellnesstag für ihn gebucht hatte, damit er ausgeruht und fit für diese wichtige Begegnung war. Lag Arne vielleicht doch richtig damit, dass Flynn mit seinem unreifen Benehmen noch längst nicht so weit war, als Pianist – und als gleichberechtigter Partner wahrgenommen zu werden? In Flynns Kopf ging es drunter und drüber und er wusste überhaupt nichts mehr.

Ganz ruhig stand Arne auf und kam zu ihm herüber. »Hab' keine Angst. Ich habe doch versprochen, dich nicht im Stich zu lassen, und das werde ich auch nicht tun, egal, wie sehr du mich gerade enttäuschst. Immerhin hast du mir gestern gezeigt, dass du ganz genau weißt, wie unmöglich du dich verhalten hast, daran können wir anknüpfen«, sagte Arne überraschend sanft. »Ich werde direkt nach dem Treffen mit Akio Sanya nach Hause kommen, und ich möchte, dass du dich in der Zwischenzeit mit deinem Betragen auseinandersetzt.«

Arne wies auf einen leeren Block und einen Kugelschreiber, die bereits auf der Anrichte bereit lagen. »Du wirst ganz genau aufschreiben, was du gestern den ganzen Tag über gemacht hast. Sobald ich wieder hier bin, werden wir uns das ansehen, und uns überlegen, wie du solches Fehlverhalten in Zukunft vermeiden wirst. Ich möchte, dass du ehrlich bist, auch wenn ich dir dein Benehmen natürlich nicht einfach durchgehen lassen werde. Aber das ändert nichts daran, dass ich dich weiter unterstützen werde. Deinen Unterricht für heute habe ich abgesagt, aber wenn ich erkenne, dass du willens bist, die Verantwortung für dein Tun zu übernehmen, wirst du morgen schon wieder spielen dürfen. Allerdings musst du auch bereit sein, für das geradezustehen, was du angestellt hast. Die Konsequenzen werden schmerzhaft sein, aber du wirst daran wachsen und lernen. Hast du das verstanden?«

Weitere Konsequenzen? Flynn konnte sich schon vorstellen, wie die aussehen sollten. Er presste die Lippen zusammen, nicht, um einen unpassenden Kommentar zu verhindern, sondern weil er spürte, wie ihm die Galle hochkam. Vielleicht würde Arne verstehen, was er davon hielt, wenn er ihm vor die Füße kotzte – aber verständnisvoll reagieren würde er wohl kaum. Also schwieg Flynn einfach. Dabei hätte er Arne wirklich noch gerne gesagt, was an seinem protzigen Geschenk verkehrt gewesen war – aber das interessierte Arne wahrscheinlich gar nicht. Letztendlich war es auch egal, denn Arne hatte ja mehr als deutlich gemacht, dass er weitere *Maßnahmen* plante, und da war bei Flynn jetzt definitiv Schluss. Ja, er war auch der Meinung, dass es nicht okay gewesen war, Pit anzusehen und sich zu wünschen, dass sie sich küssen würden, wo er doch noch mit Arne zusammen gewesen war. Aber was das anging, hatte er seiner Ansicht nach genug dafür gebüßt, indem er ertragen hatte, was Arne ihm gestern angetan hatte.

Aber den Weg, den Arne nun für die Zukunft einschlagen wollte, würde er nicht mitgehen, auch nicht, wenn er dafür Akio Sanya kennenlernen könnte.

Da Arne immer noch auf eine Antwort wartete, nickte Flynn, sah ihm aber nicht in die Augen dabei.

»Na siehst du«, meinte Arne. »Ich tue das alles doch nur, weil ich dich liebe. Eines Tages wirst du mir sehr dankbar sein. Ich werde dir helfen, deine Schwächen zu überwinden, wie ich es versprochen habe.«

Danke, aber nein danke. Das sollte er vermutlich sagen, aber Flynn wollte nicht noch mehr Energie an etwas verschwenden, das tot war. Jetzt verstand er auch endlich, was diese Kälte in seinem Inneren zu bedeuten hatte: Das, was er einst für Arne empfunden hatte, die Liebe und das Vertrauen, waren gestorben. Vielleicht sollte er froh sein, dass keine zärtlichen Gefühle ihn mehr daran hinderten, zu tun, was er nun tun musste, doch seltsamerweise empfand Flynn eine tiefe Traurigkeit darüber.

»Du weißt, was ich von dir erwarte«, sagte Arne, trank seinen Smoothie aus und schickte sich an, sich für den Arbeitstag fertigzumachen. Flynn nickte einfach nochmal, froh darüber, dass Arne nicht versuchte, ihn zu küssen.

Als endlich die Wohnungstür hinter Arne zufiel, atmete Flynn erleichtert auf. Er ging ins Bad und duschte vorsichtig, aber sehr, sehr sorgfältig. Wie befürchtet, war es eine Quälerei. Die Striemen, die Arnes Gürtel hinterlassen hatte, brannten wie die Hölle – aber Flynn hatte das Gefühl, dass er Arne von sich abwaschen musste, bevor er weitere Schritte unternehmen konnte. Schritte, die er nicht machen wollte, während noch Arnes Sperma an oder in ihm klebte.

Zurück im Schlafzimmer zog er die Jeans und den dunkelblauen Hoodie an, die er getragen hatte, als er damals von der Wohngruppe aus- und bei Arne eingezogen war. »Ois easy« stand vorne in neongelb auf dem Sweatshirt, und Flynn mochte es immer noch. Arne hatte den Hoodie vulgär gefunden und Flynn haufenweise Poloshirts, Hemden und Stoffhosen gekauft, aber Pit würde der Pulli bestimmt gefallen.

Viele Dinge, die er nicht von Arne geschenkt bekommen hatte, besaß Flynn nicht gerade. Zum Glück waren eine – wenn auch etwas fadenscheinige – Daunenjacke und feste Stiefel unter seinen Besitztümern. Flynn wollte nichts mitnehmen, was Arne ihm gekauft hatte. Immerhin reiste er daher nun mit leichtem Gepäck, alles, was er hatte, passte in einen kleinen Rucksack, ein Relikt aus seiner Schulzeit.

Nachdem das getan war, blieb Flynn ein wenig unschlüssig im Flur stehen. Er wollte eigentlich nicht, und doch steuerten seine Füße wie ferngesteuert das Musikzimmer an. Leise trat er ein.

Der schwarzglänzende Flügel schien nur auf ihn zu warten, und Flynn stiegen Tränen in die Augen. Nie wieder würden seine Finger die Tasten berühren, nie wieder würden die Töne, die er dem Instrument entlockte, den Raum füllen. Nie wieder würde er völlig in der Musik aufgehen, einfach nur spielen und glücklich sein können.

Was tat er hier? Solche Möglichkeiten, wie Arne sie ihm hier bot, würde er doch nie wieder erhalten. Der Weg auf die Konzertbühnen dieser Welt war natürlich nicht mit Rosen gepflastert, das hatte er doch immer gewusst. War es nicht doch seine Schuld, dass Arne ihn so schlimm bestrafte, denn hätte er gestern getan, was von ihm erwartet wurde, dann könnte er heute mit seinem großen Idol zu Mittag essen!

Flynn blinzelte gegen die Tränen an, drehte um, ging zurück ins Esszimmer, nahm den Block von der Anrichte und griff nach dem Stift.

»Es tut mir leid Arne, aber ich bleibe lieber ein unbedeutender Verkäufer, der hin und wieder auf einer billigen Hochzeit Schlager spielt, wenn ich dafür die Chance habe, eines Tages eine gleichberechtigte Partnerschaft zu führen. Ich danke dir für alles, was du für mich getan hast, aber ich kann meine Dankbarkeit einfach nicht auf die Weise zeigen, die du dir wünscht. Wir passen wohl einfach nicht zusammen. Ich wünsche dir alles Gute. Flynn.«

Dann schnappte er sich seinen Rucksack und verließ, ohne einen Blick zurückzuwerfen, Arnes Wohnung.

Es war kalt und klar draußen, als Flynn sich auf den Weg zum Hofgarten machte. Nach wenigen Schritten zog er vorsichtig den Rucksack von seinem geschundenen Rücken herunter. Obwohl sein Gepäck recht leicht war, dafür, dass es alles mit sich trug, was er besaß, scheuerte der Rucksack bei jedem Schritt unangenehm und erinnerte Flynn daran, wie Arne ihn mit dem Gürtel zugerichtet hatte. Dennoch hatte er das Gefühl, dass er zum ersten Mal seit Monaten wieder frei durchatmen konnte. Auch wenn er wahrscheinlich seinen Traum, Konzertpianist zu werden, aufgeben musste – manche Träume forderten wohl einfach einen zu hohen Preis.

Viel lieber als an das, was er verloren hatte, dachte Flynn auch an Pit, und was der für ein Gesicht machen würde, wenn er ihn sah. Ein Lächeln schlich sich auf sein Gesicht und sein Herz schlug ein wenig schneller, als er die Kieswege des Hofgartens betrat, den Rucksack in der Hand.

Doch schon von weitem sah er, dass die Bank, auf der Pit gestern gesessen hatte, leer war. Enttäuschung wallte in Flynn auf, obwohl es ja eigentlich logisch war, dass Pit nicht erneut hier bettelte. Schließlich hatten er und Seco jetzt Geld, sie waren nicht darauf angewiesen, stundenlang darauf zu warten, ob jemand geruhte, einen Euro in den Becher zu werfen. Pit hatte ja auch wirklich nicht damit rechnen können, dass Flynn seine Meinung derartig schnell änderte. Außerdem war Flynn schon klar, dass seine Enttäuschung über Pits Fehlen auch von einer gehörigen

Portion Angst befeuert wurde. Was, wenn er die beiden nicht fand?

Energisch rief Flynn sich zur Ordnung. Pit hatte ihm ja gesagt, wo sie einander treffen konnten: in Maris Café. Bestimmt war Pit spätestens ab Mittag dort und half der Besitzerin wieder bei der Essensausgabe.

Dennoch probierte Flynn es zunächst noch vor dem Kaufhof und im Zwischengeschoß der U-Bahn-Station am Marienplatz, da er dort auch schon häufig Bettler gesehen hatte. War ja nicht auszuschließen, dass Pit da mit jemandem abhing, den er kannte.

Doch überall sah Flynn nur unbekannte Gesichter, keiner der Menschen, die gestern in Maris Café gewesen waren, war hier. Flynn wagte es nicht, jemanden anzusprechen und nach Pit und Seco zu fragen, denn er konnte es sich einfach nicht leisten, den Obdachlosen ein paar Münzen für diese Information zu geben.

Vielleicht würde er selbst auch schon bald da sitzen? Ein eisiger Klumpen bildete sich in Flynns Magen. Es war doch noch gar nicht so lange her, da hatte er einen Job gehabt, ein Konto, ein Handy und ein eigenes Zimmer in einer WG. Wie hatte er es zulassen können, dass er die Kontrolle über sein Leben derartig verlor – oder besser gesagt, wie hatte er die Kontrolle über sein Leben komplett in Arnes Hände legen können? Und vor allem – wie bekam er sie zurück, ohne so zu enden, wie diese Menschen hier?

Hoffentlich hatte Pit das ernst gemeint mit seinem Angebot, ihm zu helfen! Es fühlte sich nicht gut an, so bedürftig zu sein, aber ohne Pit war er völlig verloren. Flynn straffte die Schultern und machte sich auf den Weg in die Au, zu Maris Café.

Wegen Krankheit geschlossen.

Die krakeligen Worte auf dem Schild fühlten sich an wie ein Schlag in den Magen. Flynn stand vor Maris Café und kämpfte mal wieder mit den Tränen. Wie sollte er Pit denn finden, wenn das Café geschlossen hatte? Erneut verfluchte er sich selbst dafür, dass er es überhaupt so weit hatte kommen lassen und nun erneut Hilfe brauchte, um da wieder rauszukommen. Aber Selbstvorwürfe halfen ihm jetzt auch nicht weiter. Warum hatte er Pit nicht wenigstens gebeten, ihm seine Handynummer zu geben? Weil er Arne nicht betrügen wollte – oder vielleicht doch, weil er sich geschämt hatte, zuzugeben, dass er gar kein Handy besaß?

Das war ein riesiger Fehler gewesen, das sah Flynn nun ein. Er hatte keine Ahnung vom Leben auf der Straße, und er zweifelte keine Sekunde lang daran, dass Pit bei seinen Erzählungen die ganzen fiesen

Sachen weggelassen hatte. Die Kälte. Den Hunger. Die Scham. Die Angst.

Flynn schwankte ein wenig. Was sollte er tun? Er musste die nächsten vierundzwanzig Stunden überleben, um dann wieder herkommen zu können. Das musste doch irgendwie zu schaffen sein! Ganz bestimmt. Oder?

»Hey, Kleiner, flennst du gleich los, oder was?«

Flynn zuckte heftig zusammen, als hinter ihm plötzlich eine schnarrende Stimme erklang. Er fuhr herum und starrte direkt in ein ausgemergeltes Gesicht mit einem struppigen Bart. »Mann, so 'nen Kerlchen wie du kann sich doch locker irgendwo 'ne Pizza leisten! Ich muss nu' schauen, wie ich in die Elisenstraß' komm, zur Suppenküch'. Aber ich wett', du könntest mich auch auf 'ne Pizza einladen!«

»Nein, tut mir sehr leid. Entschuldigung!« Ängstlich wich Flynn zurück, als der Mann eine Hand in einem zerschlissenen Wollhandschuh nach ihm ausstreckte. Er schämte sich, weil er sein letztes Geld – Arnes dreißig Euro – nicht mit diesem Mann teilen wollte. Er schämte sich, weil er – ganz anders als bei Pit – nicht wollte, dass dieser Mann ihn anfasste. »Entschuldigen Sie bitte!«, sagte er nochmal, hoffte, dass die formelle Anrede den anderen vielleicht ein wenig besänftigen würde, und dass er die Angst in Flynns Stimme nicht hörte.

Der Mann grinste und entblößte eine Reihe schiefer Zähne. »'nen Kurzer tät's auch«, sagte er, doch Flynn hatte genug von dieser Unterhaltung. Er musste hier weg und sich überlegen, was er tun sollte.

»Tut mir leid«, stammelte er erneut, machte auf dem Absatz kehrt und rannte die Straße hinunter. »Ich werde es wieder gutmachen«, schwor er sich, doch das dreckige Lachen des Obdachlosen verfolgte ihn, bis er um die nächste Straßenecke bog.

Obwohl Flynn in München lebte, seit er seine Ausbildung begonnen hatte, hätte er sich in den verwinkelten Gassen der Au fast verlaufen. Aber eigentlich war es ja auch egal, weil er sowieso nicht wusste, wohin er sollte. Den Blick auf den Boden gerichtet, lief er durch die Straßen. Ein kalter Wind schlug ihm entgegen und durchdrang Flynn bis ins Mark. Er fröstelte trotz der dicken Jacke, die er trug, und wechselte den Rucksack immer wieder von der einen auf die andere Seite, um seine klammen Hände abwechselnd in die Jackentaschen stecken zu können.

Erneut verfluchte sich Flynn dafür, dass er sein Handy einfach aufgegeben hatte. Natürlich, weil er Arne sonst hätte bitten müssen, die Kosten dafür zu übernehmen, und wozu hatte er schon ein Handy gebraucht? Mit seiner Mutter telefonierte er maximal einmal im Monat, und immer war er es, der sie anrief. Nachdem sie sich irgendwo in Ostdeutschland einer Gruppe von Preppern angeschlossen hatte, hatten sie sich wenig zu sagen. Diese Telefonate ließen sich von Arnes Festnetzanschluss erledigen, und weil Arne ihn ebenfalls jederzeit zu Hause anrufen konnte, hatte Flynn das Handy nur noch benutzt, um über die sozialen Medien mit ein paar Leuten in Kontakt zu bleiben, die er noch von früher kannte oder mit denen er zuvor in der betreuten WG gelebt hatte – und Arne hatte ihm natürlich sofort angeboten, dass er dazu den Laptop in seinem Arbeitszimmer benutzen konnte, als Flynn angesprochen hatte, dass ein Handy eigentlich nicht nötig war.

Dummerweise hatte Arne Flynn sein Passwort aber nicht verraten können, aus datenschutzrechtlichen Gründen, oder so. Also hätte er nur unter Arnes Augen surfen können, was er anfangs auch gemacht hatte, aber so richtig wohl hatte er sich dabei nicht gefühlt, und dann war auch immer öfter etwas dazwischengekommen. Weil er sich kaum noch gemeldet hatte, waren die Beziehungen zu seinen Bekannten schließlich eingeschlafen.

Das war natürlich allein seine Schuld, und wirklich enge Freunde hatte Flynn noch nie gehabt, dafür war er schon als Kind zu viel herumgereicht worden. Aber für eine Nacht hätte ihn der ein oder andere gewiss auf seinem Sofa schlafen lassen. Doch jetzt wusste Flynn nicht mal, wo diese Menschen überhaupt abgeblieben waren, geschweige denn, wie er sie kontaktieren konnte. Was er zuletzt gelesen hatte, war, dass in den Räumen seiner früheren Wohngemeinschaft nun eine Mutter-Kind-Gruppe lebte, dort konnte er also gewiss nicht hin!

Es kam Flynn vor, als sei er bereits seit Stunden unterwegs, und seine Füße erinnerten ihn auch schmerzhaft daran, dass er schon gestern ungewohnt viel herumgelaufen war. Eigentlich war es unsinnig, planlos kreuz und quer durch München zu irren. Aber Flynn fürchtete, dass er erst richtig frieren würde, wenn er anhielt – und dass ihm dann möglicherweise nie wieder richtig warm werden könnte.

Schließlich kam ihm ein rettender Gedanke: In einer unterirdischen S-Bahn-Station würde es gewiss um einiges wärmer sein, als in den zugigen Straßen, und er hatte gestern nicht alle Streifen seiner Karte abgestempelt, sodass er sich sogar ganz legal dort aufhalten konnte. Wie ein ganz normaler Fahrgast, der auf seine Bahn wartete. Am besten, er wählte einen Bahnhof, von dem viele verschiedene Linien abfuhren, dann würde es nicht auffallen, wenn er länger sitzen blieb.

Man merkte es ihm doch noch nicht an, oder? Der Mann vor Maris Café hatte in ihm jedenfalls noch keinen Gleichgestellten erkannt. Aber vielleicht lag das auch daran, dass er womöglich schon ein paar »Kurze« konsumiert hatte? Flynn spähte nach rechts und links, dann heftete er seinen Blick wieder auf den Boden, überzeugt davon, dass alle Menschen ihn bereits schief ansahen.

Sicher war das auch Blödsinn. Seine Klamotten waren vielleicht nicht von der erlesenen Qualität wie die Sachen, die Arne ihm gekauft hatte, aber völlig in Ordnung. Er sah aus, wie ein x-beliebiger junger Mann, nur, dass er den Rucksack in der Hand hatte, statt auf dem Rücken, war vielleicht ein bisschen komisch.

Flynns Magen zog sich ein wenig zusammen. Vielleicht würde das aber morgen schon anderes aussehen, wenn er eine Nacht – ja, wo sollte er nur die Nacht verbringen? Machten die S-Bahn-Stationen nicht irgendwann zu? Nicht mal das wusste er! Und wo sollte er aufs Klo gehen?

Hunger hatte er zwar nicht, die ganze Situation hatte Flynn gehörig den Appetit verdorben, aber irgendwann würde sich das auch ändern – und die dreißig Euro würden nicht ewig reichen. Selbst, wenn er es schaffte, sich bis zum nächsten Tag allein durchzuschlagen – was, wenn das Café morgen wieder zu hatte und er Pit einfach nicht fand?

Schließlich kam Flynn wieder am Marienplatz an. Er stempelte die letzten beiden Streifen seiner Fahrkarte ab und entschied sich dann dafür, mit der

Rolltreppe ganz nach unten zum U-Bahnhof zu fahren. Nicht, weil er den schreiend orangefarbenen Kacheln im 70er-Jahre Stil dort besonders viel abgewinnen konnte – sondern weil Flynn hoffte, dass die orangefarbenen Plastiksitze der U-Bahn-Station bequemer sein würden, als die aus einem Metallgeflecht an der S-Bahn. Das war zwar nur bedingt der Fall, dennoch war Flynn erleichtert, als er sich endlich setzen konnte. Gemütlich war etwas anderes, und so richtig warm war es hier unten auch nicht, aber besser als draußen war es allemal.

Er umklammerte seinen Rucksack, als fürchte er, jemand könne ihn ihm entreißen. Den Blick hielt er vehement zu Boden gerichtet, überzeugt davon, dass die anderen Fahrgäste ihn bereits abfällig musterten.

Erst nach einer ganzen Weile dämmerte es ihm, dass ihn überhaupt niemand beachtete. Niemand sah ihn neugierig oder auch verächtlich an. Die Menschen um ihn herum waren viel zu beschäftigt damit, ihr eigenes Ding zu machen, Flynn wurde von ihnen gar nicht wahrgenommen.

Eigentlich sollte er erleichtert sein, dass man ihm seine Notlage noch nicht an der Nasenspitze ansah. Doch stattdessen machte ihm die Gleichgültigkeit seiner Mitmenschen noch mehr Angst.

»Hilfe«, dachte Flynn verzweifelt. »Hilft mir jemand?«

Doch die Worte verließen seinen Mund nicht. Warum sollte ein Fremder ihm auch helfen, einfach so? Pits Worte fielen ihm wieder ein. »Wenn dir jemand Hilfe anbietet, frag nicht, sondern nimm, was du kriegen kannst. Noch wer wird nich' kommen.« Er hatte so recht damit gehabt, aber Flynn hatte ja nicht auf ihn hören wollen. Doch allein würde er es nicht schaffen – und zu Arne würde er auf keinen Fall zurückgehen, niemals!

Flynn legte seine Stirn auf den Rucksack, den er immer noch fest umklammert hatte, und kniff die Augen zusammen, um wenigstens zu verhindern, dass er in aller Öffentlichkeit losheulte. War das nicht schon sein ganzes Leben lang so? Dass er es allein nicht schaffte? Erst das Jugendamt und die Pflegefamilien, die sich um Flynn kümmerten, weil seine Mutter es nicht hinbekam, die Sozialarbeiter der betreuten WG, in die er gezogen war, weil er noch nicht volljährig war, als er seine Ausbildung begann, Arne, der ihm half …

Flynn versuchte, den Gedanken an Arne nicht zuzulassen. Im Gegensatz zu allen anderen Menschen, die sich freiwillig oder von Berufs wegen dazu entschlossen hatten, hatte Arne einen Preis dafür verlangt, und erst gestern war ihm aufgegangen, dass Flynns Selbstachtung und Selbstbestimmung die Währung waren, mit der er bezahlen musste.

Das Musikstück fiel ihm wieder ein, das er Arne hatte schenken wollen. Kein Wunder, dass er nicht in der Lage gewesen war, eine heitere Melodie zu komponieren, die ihre Beziehung symbolisierte. Die Misstöne waren immer da gewesen.

Seltsamerweise verlor Flynn sich diesmal nicht darin, in einer Endlosschleife die Frage zu wiederholen, wie er es überhaupt so weit hatte kommen können. Stattdessen verhakte sich der Gedanke in seinem Kopf, dass es Menschen gab, die sich der Aufgabe verschrieben hatten, anderen zu helfen. Und so sehr es ihm auch zuwider war, mal wieder zu den Bedürftigen zu gehören, die diese Hilfe nötig hatten, es half ja nichts. Da mochte er sich noch so sehr wünschen, es sei anders, er wäre einmal in seinem Leben derjenige, der andere unterstützen konnte, so war es nun mal nicht – jedenfalls nicht heute! Und wenn sich daran irgendwann einmal etwas ändern sollte, dann musste er vor allem zusehen, dass er die nächste Nacht überlebte.

Flynn atmete einmal tief durch. Wer half, wenn man vor seinem gewalttätigen Partner weglief und plötzlich obdachlos war? Erneut verfluchte er sich dafür, dass er kein Handy hatte, und nicht mal eben danach googeln konnte. Gewiss musste es in einer Stadt wie München mehrere Anlaufstellen geben, nur fiel ihm keine ein. Für das Jugendamt war er zu alt, wo dieser Kälteschutzbunker war, von dem Pit gesprochen hatte, wusste er nicht. Vielleicht konnte man sich in einer Kirche an jemanden wenden, oder musste man dazu einer Religionsgemeinschaft angehören? Das tat er zwar nicht, dennoch erinnerte Flynn das an etwas … Kirche, Geistliche, Missionare … natürlich, die Bahnhofsmission! Er atmete auf. Als er damals in München angekommen war, war er an den Räumen der Bahnhofsmission vorbeigekommen – und wie verblendet stolz er damals darauf gewesen war, dass er nicht mehr zu denen gehörte, die auf Almosen angewiesen waren, sondern sich bald selbst seinen Lebensunterhalt verdienen konnte. Flynn schnaubte verächtlich über sein früheres Ich, doch er konnte nicht verhehlen, dass es ihm neuen Mut gab, nun endlich einen Plan B zu haben. Er stand auf und machte sich auf den Weg zur S-Bahn. Denn immerhin hatte er schon gestempelt, da konnte er die zwei Stationen bis zum Hauptbahnhof auch mit den öffentlichen Verkehrsmitteln zurücklegen.

Am Hauptbahnhof angekommen, brauchte Flynn eine Weile, um aus dem Untergeschoss herauszufinden und sich daran zu erinnern, wie man zur Bahnhofsmission kam. Als er endlich in der Haupthalle angekommen war, entdeckte er einen Aufsteller in freundlichen Blautönen. »Brauchen Sie Hilfe?« prangte die Frage oben auf dem Plakat, und Flynn konnte das von ganzem Herzen mit »Ja!«

beantworten. »Wir bieten jedem Menschen Unterstützung, Beratung, Begleitung und Vermittlung an – unabhängig von Geschlecht, Alter, Religion, Nationalität und Herkunft. 24 Stunden am Tag, 365 Tage im Jahr.«

So erleichtert Flynn auch darüber war, dass man keine besonderen Voraussetzungen erfüllen musste, um Hilfe in Anspruch zu nehmen – er rührte sich dennoch nicht vom Fleck, blieb auch dann noch wie angewurzelt stehen, als ihn jemand aus dem nicht enden wollenden Strom der Reisenden um ihn herum anrempelte und dies auch noch mit einem »Pass doch auf, Bürscherl!«, kommentierte.

Es war überraschend schwierig, da hinzugehen, in dem Wissen, dass er um Hilfe bitten musste. Dabei hatte er das schon einmal geschafft, da war er sieben oder acht Jahre alt gewesen, und seine Mutter, die angeblich nur schnell mit ihrer Freundin Kati etwas trinken gehen wollte, war auch eineinhalb Tage später nicht wieder aufgetaucht. Damals war Flynn zur Polizei gegangen, aber das war auch was anderes gewesen, weil seine Grundschullehrerin Frau Paruck den Kindern immer wieder einschärfte, dass die Polizei ihr Freund und Helfer war, und Frau Paruck musste es wissen, denn Herr Paruck war einer dieser Polizisten.

Insofern war es nicht vergleichbar, obwohl er sich auch damals schon geschämt hatte, zuzugeben, dass seine Mutter weg war und er nicht wusste, wohin. Aber er war ein Kind gewesen und war sich zumindest sicher gewesen, dass er nichts getan hatte, um sie zu vertreiben.

Aber jetzt – jetzt war er erwachsen. Und er würde sagen müssen, dass er vor Arne geflohen war, weil der ihn mit einem Gürtel verprügelt hatte. Schlimm genug. Aber noch schlimmer war ja, dass es seine eigene Schuld war. Er hatte nicht versucht, wegzulaufen oder sich zu wehren. Auch dann nicht, als Arne Sex gewollt hatte. Zwar hatte er erst nein gesagt, aber als Arne den Sex als eine Art Bezahlung eingefordert hatte, hatte er es doch einfach über sich ergehen lassen.

Was würden die Menschen dort drin nur von ihm denken, wenn sie das hörten? Aber er konnte doch nicht lügen und behaupten, Arne hätte ihn gezwungen? Nein, das wäre unmoralisch. Würden sie ihm wohl trotzdem helfen? Flynn war sich nicht sicher. Vielleicht.

Vor allem aber wollte er nicht mit wildfremden Menschen darüber sprechen. Mit Pit wäre das etwas anderes gewesen. Ja, mit Pit hätte er vielleicht darüber geredet, denn obwohl sie ja nur einen Tag gemeinsam verbracht hatten, vertraute Flynn ihm. Nun gut, insgeheim hatte Flynn gehofft, dass Pit ihn gar nicht großartig ausfragen, sondern sich das meiste selbst zusammenreimen würde. Schließlich war kaum zu übersehen, dass Flynn Schmerzen hatte. Aber Pit war nicht da, also blieben nur die Fremden.

Oder? Es war ja nicht auszuschließen, dass er Pit morgen bei Maris Café traf. Schließlich hatte Pit seine Sachen ja da untergebracht, und außerdem kannte Mari Pits Handynummer. Bestimmt würde sie ihm diese geben, und dann ... der Gedanke, Pits Stimme zu hören, löste ein schmerzliches Sehnen in der Brust aus.

Einmal versuche ich es noch, beschloss Flynn bei sich. Er hatte ja noch die dreißig Euro, ein Zimmer konnte er sich davon gewiss nicht nehmen, aber er könnte sich in ein Fastfood-Restaurant setzen, ein paar Pommes essen – obwohl sich ihm bei dem Gedanken an Essen direkt die Kehle zuschnürte – aber eine Weile würde er sich dann da aufhalten und es warm haben können. Vielleicht könnte er auch durch ein Kaufhaus bummeln, so tun, als mache er Weihnachtseinkäufe. Das wären wieder ein, zwei Stunden, in denen er nicht fror und die ihn näher an sein Ziel brachten, irgendwie durchzuhalten, um es dann am nächsten Mittag nochmal in Maris Café versuchen zu können.

Entschlossen wandte Flynn sich ab. Es würde schon irgendwie gehen!

Obwohl Flynn zumindest für die nächsten Stunden einige Ideen gehabt hätte, wie er die Zeit rumbringen könnte, lief er doch wieder nur ziellos durch die Straßen. Vor dem McDonalds und vor dem Kaufhof zögerte er kurz, doch irgendwie war er überzeugt, dass jeder ihm ansehen würde, dass er sich eigentlich nur aufwärmen, und weder etwas kaufen, noch etwas essen wollte, und so verschob er sein Vorhaben immer wieder.

Zwischen der anonymen Menschenmasse, die sich in der Innenstadt drängte, fühlte er sich einigermaßen sicher. Nun verstand er auch, was Pit gemeint hatte, als er gesagt hatte, dass keiner ihm in die Augen sah. Niemand sah hier den anderen an. Wenn überhaupt ein Blick auf ein fremdes Gesicht fiel, dann sahen die Menschen durch ihr Gegenüber hindurch, ohne es wirklich wahrzunehmen.

Je länger er herumlief, desto schwerer schien sein Rucksack zu werden. Ebenso wie seine Füße. Inzwischen bereute Flynn seine Entscheidung, nicht in die Bahnhofsmission hineingegangen zu sein, konnte jedoch auch die Energie nicht aufbringen, wieder umzukehren. Stattdessen stolperte er immer weiter vorwärts, ehe ihm überhaupt klar wurde, wo er hinging: zum Hofgarten.

Aber warum nicht? Nun, da er fast schon dort angekommen war, konnte er ja wenigstens einen

Blick auf die Bank riskieren, vor der er Pit das erste Mal begegnet war.

Doch natürlich waren Pit und Seco nicht dort, es dämmerte ja auch schon. Einige Menschen eilten durch den Park, und ein Rentner zog einen Dackel hinter sich her. Aber um es sich auf einer der Bänke gemütlich zu machen, war jetzt definitiv nicht der richtige Zeitpunkt. Dennoch setzte Flynn sich hin. Wärmer würde ihm so gewiss nicht werden, aber zumindest seine Füße konnten sich einen Augenblick lang ausruhen.

Er stellte den Rucksack neben sich und betrachtete die blutunterlaufenen Striemen auf seinen Hand-flächen, die nun im Dämmerlicht kaum noch zu sehen waren. Wann würde er wohl die Gelegenheit haben, wieder Klavier zu spielen? Würde er jemals wieder dieses wunderbare Gefühl haben, völlig in seiner Musik aufzugehen? Warum hatte die Beziehung zu Arne denn nicht so sein können, wie er es sich zu Beginn erträumt hatte, als Arne ihn umworben hatte, als er so aufmerksam und zärtlich gewesen war?

Hatte er sich diesen Arne nur eingebildet? Aber selbst wenn – war es wirklich so schlimm gewesen, mit Arne zusammenzuleben? Sollte er nicht lieber zurückgehen und noch einmal versuchen, ihre Beziehung zu kitten? Die meisten Tage waren doch schön gewesen. Bis auf gestern natürlich. Aber wenn er gestern einfach diesen Wellnesstag wahrgenommen hätte, dann wäre am Abend gar nichts passiert – Arne wäre nicht so furchtbar wütend geworden und dass er es einfach nicht geschafft hatte, Arne zu sagen, wie sehr er ihn sein Geschenk gekränkt hatte, konnte er doch eigentlich seinem Lebensgefährten nicht anlasten. Oder?

Flynn schluckte, als ihm klar wurde, wie anders sein heutiger Tag verlaufen wäre, wenn er gestern einfach nur getan hätte, was Arne von ihm erwartet hatte. Anstatt frierend und mit schmerzenden Füßen durch München zu irren und sich zu fragen, wo man als frischgebackener Obdachloser eine Nacht verbringen konnte, hätte er mit Arne in einem schicken Restaurant essen können – und ein paar Worte mit seinem großen Idol Akio Sanya wechseln können.

Was sollte er nur tun? Zurück zu Arne? Oder zum Bahnhof?

Da Flynn so schrecklich müde war, nahm er sich die Zeit, einen Moment darüber nachzudenken, ehe er planlos in die eine oder andere Richtung loslief. Er hörte in sich hinein, und obwohl ihm nun auch äußerlich kalt war, die Kälte in seinem Inneren war noch schlimmer. Allein die Vorstellung, dass Arne ihn wieder berühren könnte, und sei es nur, dass er zärtlich durch sein Haar strich, löste in ihm einen Schauer aus – aber keinen Schauer der Erregung, sondern des Widerwillens. Nein, es war vorbei.

Gestern hatte Arne angedeutet, Flynn sei nur zurückgekommen, weil es ihm ums Geld ging. Diesen Vorwurf hatte er nicht verdient, gestern nicht, und auch sonst nicht. Er war nicht mit Arne zusammengezogen, um sich aushalten zu lassen. Aber wenn er nun zurückginge, wäre er genau das: ein Goldgräber, nur auf seinen finanziellen Vorteil bedacht. Das war nicht nur Arne gegenüber unfair, auch er selbst würde das letzte bisschen Selbstachtung verlieren.

Nein, jetzt, da seine Liebe zu Arne erloschen war, musste er einen anderen Weg finden, um zu überleben. Flynn wusste nicht, ob seine Gefühle einen langsamen und schleichenden Tod gestorben waren, war oder ob der Gürtel seiner Liebe gestern den Todesstoß versetzt hatte, aber es ließ sich nicht leugnen, dass er für Arne nichts mehr empfand, und das hatte auch nichts mit den Schmetterlingen im Bauch zu tun, die Pit ihm gestern beschert hatte.

Also zurück zur Bahnhofsmission, und falls er wieder daran scheiterte, deren Räumlichkeiten zu betreten, würde er sich einfach in eine U-Bahn-Station setzen. Sollten die Ordnungshüter ihn doch mitnehmen, wo immer die ihn hinbrachten, dort würde es gewiss wärmer sein als im Hofgarten.

Ja, gleich würde er losgehen. Nur noch einen Moment ausruhen. Wenn es nur nicht so kalt wäre! Flynn schob den kleinen Rucksack auf seinem Schoß herum, doch als Schutz gegen die Kälte taugte er wenig. Vielleicht sollte er noch irgendwas von den Klamotten darin anziehen? Aber dann müsste er erst die Daunenjacke ausziehen, und allein der Gedanke daran bescherte ihm eine Gänsehaut.

Da entdeckte Flynn am anderen Ende der Bank eine Zeitung. Nun, er war ein Obdachloser, dann konnte er sich auch kurz damit zudecken. Flynn schlug die Zeitung auf und breitere sie über seine Oberschenkel aus – und starrte direkt auf ein Bild von Akio Sanya.

Einen Moment lang war Flynn irritiert. Die Zeitung musste einige Tage alt sein, aber so sah sie gar nicht aus. Denn wie sonst konnte der Kulturteil davon berichten, dass Akio Sanya am gestrigen Abend einen rauschenden Erfolg in der New Yorker Carnegie Hall gefeiert hatte, wo der Pianist doch hier in München war und sich mit Arne zum Lunch getroffen hatte.

Erst dann wurde ihm klar, was los war.

Akio Sanya war gar nicht in München.

Arne hatte ihn angelogen.

Er musste gemerkt haben, dass Flynn zweifelte, und hatte das Treffen mit dem Japaner erfunden, um ihn bei der Stange zu halten.

Seltsamerweise ärgerte es Flynn am meisten, dass Arne sich nicht einmal die Mühe gemacht hatte, sich eine weniger offensichtliche Lüge auszudenken. Als wäre Flynn zu naiv, um es überhaupt zu merken, als ob er es nicht einmal wert gewesen wäre, sich ein plausibleres Märchen auszudenken.

Jetzt, da er so darüber nachdachte, kam es ihm zum ersten Mal seltsam vor, dass Arne ausgerechnet den Pianisten, für den Flynn so schwärmte, kannte. Sie hätten sich auf einer Benefizveranstaltung kennengelernt und sich auf Anhieb gut verstanden, hatte Arne behauptet. Dennoch war es nie dazugekommen, dass sie ein Konzert von Akio Sanya besuchten, obwohl der Japaner in letzter Zeit mehrere Auftritte in Deutschland gehabt hatte. Weil Arne wichtige Termine hatte, die sich unmöglich verschieben ließen. Aber jedes Mal, wenn Flynn Anstalten machte, den goldenen Käfig bei Arne zu verlassen, sei es, um irgendwo vorzuspielen oder um einen alten Bekannten zu treffen, war ein Konzertbesuch plötzlich in greifbare Nähe gerückt.

Arne hatte ihn nicht nur angelogen, sondern auch manipuliert. Dabei wäre das wirklich nicht nötig gewesen. Flynn hatte auch so zu dem älteren, weltgewandten Mann aufgesehen. Er hätte sich auch ohne Arnes Großzügigkeit in ihn verliebt - wenn sein Ex-Freund ihn dafür mit Respekt behandelt hätte.

Die Erkenntnis, dass ihre Beziehung auf einem Fundament aus Lügen basierte, war ein Schock. Arne zu verlassen, war die beste Entscheidung seines Lebens gewesen. Flynn war ein bisschen stolz auf sich, dass er diese Entscheidung getroffen hatte, ohne zu ahnen, dass ihm sein Ex-Lebensgefährte gar nicht helfen konnte, Kontakt zu dem von ihm so verehrten Pianisten zu bekommen.

Nun musste er nur noch sein Leben wieder in den Griff bekommen. Nicht gleich. Gleich würde es reichen, die kommende Nacht zu überstehen. Aufzustehen. Zum Bahnhof gehen. Die Bahnhofsmission betreten.

Aber Flynn war so müde. Die schlaflose Nacht, die Auseinandersetzung mit Arne, das sinnlose Herumgerenne, die Schmerzen und die wunden Füße … er musste noch eine kleine Pause machen, bevor er sich wieder aufraffte.

Ganz kurz nur!

Es war doch bestimmt in Ordnung, wenn er einen kleinen Moment lang die Augen schloss? Flynns Kopf sackte auf seine Brust. Er würde gleich aufbrechen. Ganz gleich!

Die Kälte kroch seine Hosenbeine hoch und unter die Zeitung, doch Flynn spürte es schon gar nicht mehr richtig. Unerbittlich kam der Schlaf näher, und er brachte einen Traum mit. Einen schönen Traum, denn er handelte von Pit. Pit, der ihn mit den unglaublichsten, blauen Augen, die es auf der ganzen Welt gab, ansah, während der Geruch nach seinem Kräutershampoo Flynn Nase kitzelte. Seco kam auch im Traum vor, vertrauensvoll legte er seinen großen Kopf auf Flynns Oberschenkel …

»Scheiße verdammt! Was machst du hier?!
Himmelherrgottsakrament, das kann doch nicht
wahr sein! Steh sofort auf!«

Flynn hatte Mühe, die Augen wieder zu öffnen. Er
wollte auch gar nicht, er träumte gerade so schön.
Schade, dass Pit in seinem Traum nun plötzlich auch
sauer zu sein schien. Und was für Flüche er kannte!
Flynn hätte gelächelt, aber sein Gesicht war so kalt,
dass es nicht ging.

»Los, hoch mit dir! Du erfrierst mir hier nicht! Hast
du das verstanden?«

Starke Hände packten ihn an den Schultern, zogen
ihn auf die Füße – und dann schlangen sich zwei
kräftige Arme um ihn. Das brachte Flynn schlagartig
wieder zu sich. Nicht die angenehme Berührung.
Sondern der fiese Schmerz, den sie auslöste.

»Argh!«

Flynn riss die Augen auf, und da war es dann doch
noch, sein Weihnachtswunder. Pit stand direkt vor
ihm. Pit, der ihn nach seinem Schmerzensschrei sofort
losgelassen hatte. Pit, der offenbar ahnte, was los war.
»Scheiße!«, fluchte er. Nicht zum ersten Mal, und
wahrscheinlich auch nicht zum letzten Mal.
»Brauchst du einen Arzt?«

Tapfer schüttelte Flynn den Kopf. »Geht schon. Ich
bin nur … der falsche Ton in meinem Lied. Deswegen
konnte ich nichts für Arne komponieren …«

Flynn schniefte. Was redete er denn da! Doch Pit schien sein wirres Gestammel nicht zu stören. Erneut legte er seine Arme um Flynn, ganz vorsichtig diesmal. Einen absurden Moment lang hatte Flynn das Gefühl, dass Pit es war, der Trost brauchte. »Warum hast du mir nur deine Handynummer nicht gegeben«, flüsterte er nun auch noch erstickt in den Kragen von Flynns Daunenjacke hinein. »Mari hat dich von ihrer Wohnung aus vor dem Café stehen sehen. Ich bin tausend Tode gestorben, nachdem sie mich angerufen hat!«

»Ich … ich habe gar kein Handy«, gestand Flynn.

Und dann kamen plötzlich die Tränen. Flynn hatte immer geweint, wenn Arne ihn geschlagen hatte, aber diese Tränen waren von einer ganz anderen Qualität. Sie trugen den Schmerz um seine verlorene Liebe zu Arne und um seine zerplatzten Zukunftsträume in sich, aber jeder salzige Tropfen enthielt auch ein winziges Quäntchen Hoffnung, weil Pit ihn offenbar gesucht hatte, weil er dem jungen Mann, den er erst seit gestern kannte, nicht gleichgültig war.

Nun drängte sich auch Seco an ihn, stupste Flynn mit seiner feuchten Nase an. Flynn schluchzte hemmungslos.

»Schhhh«, machte Pit und wiegte ihn ganz vorsichtig in seinen Armen. »Alles wird gut. Versprochen.«

»Hast du … habt ihr ein Zimmer genommen?«, brachte Flynn schließlich zwischen zwei Schluchzern heraus. Er traute sich nicht, zu fragen, ob Pits Angebot vor gestern immer noch galt und er wirklich so einen elendigen Jammerlappen mit zu sich nehmen wollte – aber der Gedanke, irgendwo hinzugehen, wo es warm war, wo er nichts erklären musste, war zu schön, um nicht darauf zu hoffen, dass nicht genau das passieren würde.

»Viel besser!«, sagte Pit und machte einen halben Schritt zurück, sodass Flynn nun sein lächelndes Gesicht direkt vor sich sah. »Seco und ich machen Weihnachtsferien im Hotel Mama. Und du kommst mit!«

Es dauerte einen Moment, ehe Flynn verstand, dass Pit sich offenbar tatsächlich dazu durchgerungen hatte, zu seinen Eltern zu fahren. Die Freude darüber machte es auch ganz leicht, zu sagen, was er jetzt sagen musste, auch wenn er sich etwas anderes erhofft hatte.

»Nein, Pit. Ich möchte euch wirklich nicht stören. Vielleicht kannst du mir noch schnell erklären, wo die Notunterkunft der Kälteschutzhilfe ist, dann komme ich schon allein klar.«

»Red' nicht so einen Schmarrn daher! Du kommst mit!«

»Aber ich kann doch nicht einfach … die kennen mich doch gar nicht … und du wolltest dich doch bestimmt mit deinen Eltern aussprechen, da störe ich doch nur.«

»Papperlapapp! Ich wär' nämlich nie und nimmer auf die Idee verfallen, an Weihnachten einen auf Familie zu machen, wenn du mir gestern nicht ins Gewissen geredet hättest. Brauchst auch keine Angst zu haben, dass da ständig dicke Luft herrscht, die meisten Leute kommen ganz gut mit meinen Alten klar. Okay, wahrscheinlich kotzt mich alles da total an, bis endlich das Zimmer im Kaleidoskop frei wird, aber meine Mutter hat vor Freude geheult, als sie mich und Seco gesehen hat, also geb' ich mir halt ein bisschen Mühe. Seco denkt eh schon, er wär' da im Schlaraffenland gelandet. Und das alles ist ganz allein dir zu verdanken!«

Flynn konnte Pit nur anstarren. *Er* sollte das bewirkt haben?! Wie war das möglich? Und doch bekräftigte Pit diese Aussage nochmal, indem er sagte: »Ohne dich würde ich heute Nacht nicht in einem weichen Bett, sondern wieder im Kälteschutz-bunker pennen!«

Wahnsinn. Das war etwas ganz anderes, als Pit und Seco das Geld zu schenken, das ihm eigentlich gar nicht gehört hatte. Irgendwo in Flynns durchge-frorenem, zerschundenen Körper erwachte eine kleine Flamme des Glücks zum Leben. *Du kannst stolz auf dich sein*, schien sie zu sagen. Flynn war so über-wältigt von dem Gefühl, dass er unmöglich etwas sagen konnte, obwohl Pit immer eindringlicher auf ihn einredete: »... Mann, meine Mutter wirft mich doch hochkant wieder raus, wenn ich ihr sage, dass ich den Kerl, von dem ich ihr die letzte Nacht quasi ununterbrochen vorgeschwärmt habe, nicht mitbringe! Sie würde sich so freuen, dich kennenzulernen …«

Weiterhin unfähig, etwas zu sagen, streckte Flynn einfach seine Hand nach Pit aus – und wie von selbst verflochten sich ihre Finger ineinander.

»Flynn?«

Flynn nickte nur, und Pit strahlte ihn an, als habe er soeben das schönste Geschenk der Welt erhalten. »Du kommst mit.«

Noch ein Nicken.

»Na, dann mal los. Gib mir deinen Rucksack«, forderte Pit, ließ Flynns Hand aber keine Sekunde lang los, während er das kleine Gepäckstück lässig über seine Schulter hängte. »Weißt du was? Das fühlt sich an wie … wie …«

»Ein Weihnachtswunder«, krächzte Flynn, und das war es. Besser, als das teuerste Geschenk der Welt und schöner als das schönste Lied, das er je gespielt hatte.

»Ja«, bestätigte Pit, drückte seine Hand und dann marschierten sie Seite an Seite los, hinaus aus dem Park und hinein in Flynns neues Leben, das einfach nur gut werden konnte, weil er es händchenhaltend mit Pit betreten hatte.

ENDE

LIEBE LESERIN, LIEBER LESER,

vielen Dank, dass Du Flynn an dem Tag, der sein ganzes Leben verändern sollte, begleitet hast. Hat dir die Geschichte gefallen? Würdest du gerne erfahren, wie es mit Flynn und Pit weitergeht? Dann schreibe mir doch auf Instagram oder Facebook! Ich freue mich über jeden Kommentar und jede Nachricht.

Wenn du mir eine ganz besondere Freude machen willst, lass mir doch den ein oder anderen Stern oder sogar eine Bewertung da. Als Selfpublisherin hilft mir das wirklich sehr.

Alles Liebe
EVA

WAS MIR NOCH WICHTIG IST

Dieses Buch ist eine fiktive Geschichte, und natürlich geht es am Schluss gut aus für Flynn, auch wenn er gezögert hat, Hilfe anzunehmen, nachdem er Arne endlich verlassen hat.

Aber: Niemand muss sich schuldig fühlen, wenn er Unterstützung benötigt! Die Schuld liegt ganz allein beim Täter! In schwierigen Momenten gibt es Organisationen wie die Telefonseelsorge (Telefonnummer: 116-123), die rund um die Uhr erreichbar sind und einfühlsamen Beistand bieten. Bitte zögere nicht, ihre Hilfe anzunehmen, wenn es nötig sein sollte, denn Du bist nicht allein.

BUCHTIPP

Hast Du Lust auf noch mehr Gayromance? Darf es auch etwas düsterer sein? Dann ist Lucias Roman »Fatal Mistake – Jasper und Nathan« genau das Richtige für dich:

Das Schicksal mischt die Karten, aber du spielst das Spiel.

Die Karten, die das Schicksal Nate zugeteilt hat, sind definitiv kein gutes Blatt. Aufgewachsen in einem Wohnwagen und dem Spott gleichaltriger Kinder ausgesetzt, verliert er als Jugendlicher auch noch den einzigen Menschen, der ihm etwas bedeutet hat: Seine Mutter. Daraufhin gerät Nate in die Fänge einer Frau, deren Einfluss er sich nicht mehr entziehen kann. Gefangen zwischen Luxusleben, illegalen Aktivitäten und dem brennenden Wunsch nach Rache setzt er schließlich alles auf eine Karte: Ein altes Foto könnte sein Ticket in die Freiheit sein, wenn er nur das Rätsel dahinter löst.

Jasper will in London einen Neuanfang wagen. Zunächst sieht auch alles nach einem gelungenen Start aus: Schon bevor er seinen Job antritt, lernt er einen Mann kennen, für den Jasper weit mehr als eine flüchtige Affäre zu sein scheint. Besser könnte es doch gar nicht laufen! Aber nach einer folgenschweren Begegnung am Arbeitsplatz muss Jasper nicht nur um seinen Job, sondern auch um seine Beziehung fürchten.

Doch schon verteilt das Schicksal die Karten neu und bringt Nate und Jasper zusammen. Werden die beiden Männer die Chance ergreifen, die das neue Blatt ihnen bietet, auch wenn sie dafür alles riskieren müssen, wofür sie bisher gelebt haben?

Lucia Bolsani **Fatal Mistake – Jasper und Nathan**
ASIN: B0C4FR5BQC ISBN: 978-3744885782

MINI-LESEPROBE:

Als Nate im Alter von dreizehn Jahren so eine Ahnung bekommen hatte, dass er auf Männer stehen könnte, hatte er angefangen, schwule Liebesromane zu lesen. Als Inspirationsquelle. Und immer, wenn zwei Männer, die natürlich überhaupt nichts voneinander wollten, gezwungen waren, in einem Bett zu schlafen, ging es in diesen Büchern so aus, dass sie am nächsten Tag eng umschlungen aufwachten und ihre Morgenlatten aneinander rieben.

Nate hatte natürlich gewusst, dass das alles Schmu war. Deswegen ärgerte er sich auch nicht darüber, dass Jasper am nächsten Morgen genauso weit von ihm weg lag wie am Abend zuvor. Es war Nate auch scheißegal, dass Jasper ihn heute nicht mehr mit diesem sehnsüchtigen Blick ansah. Aber dummerweise war das Einzige, was mit diesen schnulzigen Szenen übereinstimmte, seine Morgenlatte, und auf die hätte Nate nun auch noch gerne verzichten können!